PENJAB

DU MÊME AUTEUR

Pour Clemenceau, Éd. de Fallois, 2014.
Les Amants du Grand Monde, Éd. de Fallois, 2013.
Louis XIV, Gallimard, Folio, 2008.
Attila, Gallimard, Folio, 2006.
Le Scorpion d'or, La Table ronde, 2003.
Le Seul Amant, avec J.-C. Lattès, Le Seuil, 2000.
Agrippa d'Aubigné, Robert Laffont, 1995.
Le Royaume d'Arles, J.-C. Lattès, 1988.
Saint-Exupéry, J.-C. Lattès, 1980.
Les Demoiselles sauvages, J.-C. Lattès, 1978.

ÉRIC DESCHODT

PENJAB

roman

Éditions de Fallois
PARIS

22, rue La Boétie, 75008 Paris

ISBN 978-2-87706-962-5

Au professeur Jean-Marie Lafont, dont les travaux inlassables ont ressuscité l'empire sikh du Penjab, Ranjit Singh son empereur, et ses Français de la Grande Armée. Sa générosité insigne m'a permis, d'après sa thèse, d'écrire ce roman.

À la mémoire de Jean-Alphonse Bernard, grand connaisseur de l'Inde, qui m'a transmis les documents que le professeur Lafont lui avait confiés, sa santé l'ayant empêché d'en tirer parti lui-même.

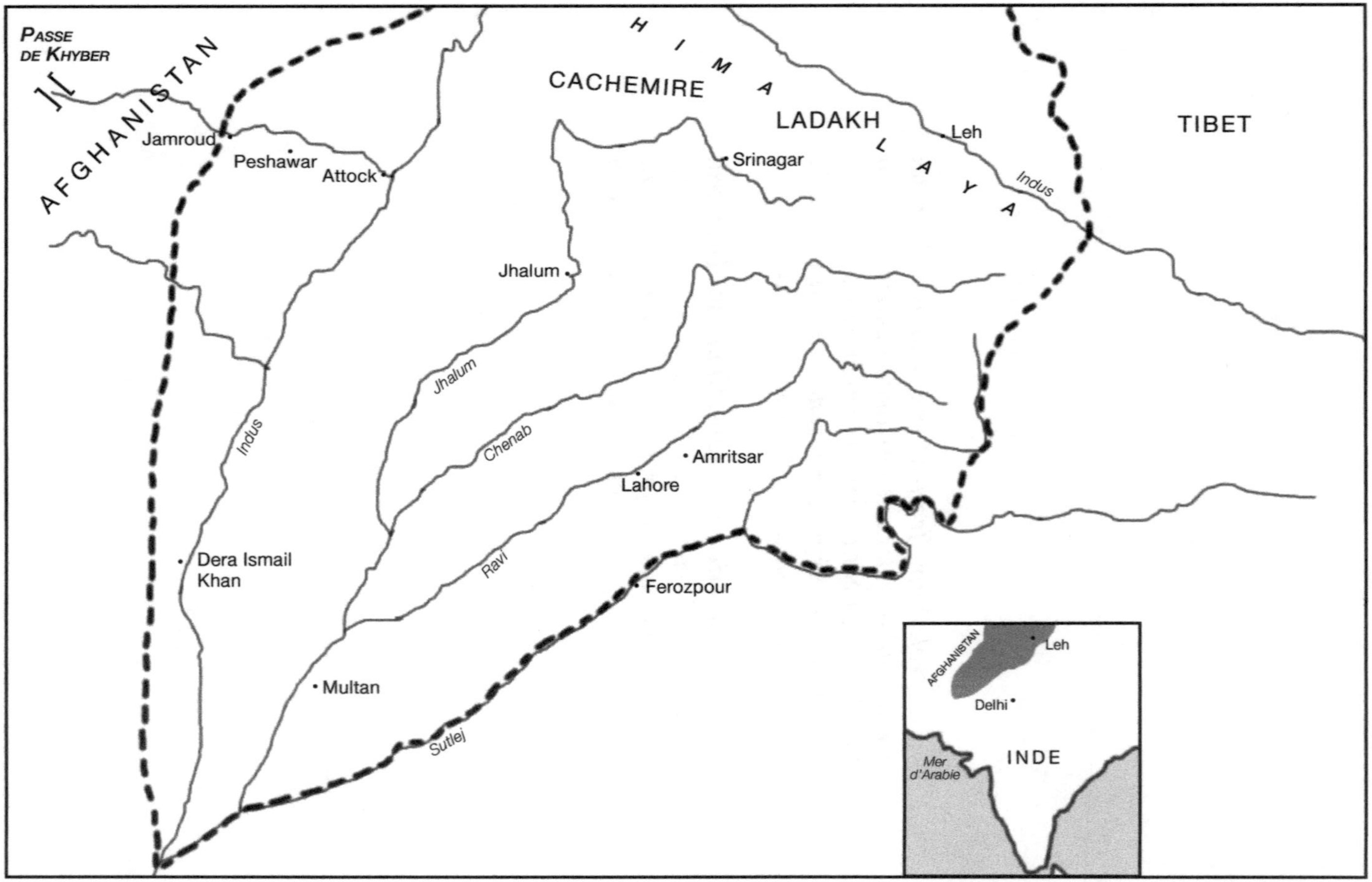

LE PENJAB EN 1839, À LA MORT DE RANJIT SINGH

1

Quand le lieutenant Allard apprit l'exil de Napoléon à Sainte-Hélène, il songea à s'exiler lui-même.

Que faire ? Que devenir ? Comment penser le monde ?

Que faire en France ? En Europe ? Les rois sont partout.

Partir ! Refuser l'accablement. Revivre.

Pas comme avant, c'était trop beau. Mais en homme, au moins.

« En homme debout », décida-t-il, sitôt revenu de l'écroulement qui avait manqué l'emporter.

Jean-François Allard, natif de Saint-Tropez, n'était plus que lieutenant. Après tant d'occasions, depuis plus de vingt ans, de se distinguer ?

Il avait pourtant été capitaine au 7e hussards.

Mais la Restauration l'avait rétrogradé en 1816 – de capitaine à lieutenant demi-solde –, puis l'avait enfin rayé des contrôles en 1819. Voilà pourquoi il n'était que lieutenant.

Partir, certes. Mais où aller ?

L'Amérique ne le tentait pas, pays de sauvages, celle du Nord comme celle du Sud, où des sauvages d'importation remplaçaient les primitifs. L'Afrique non plus, pour la même raison. Restait l'Orient.

Constantinople?

La Porte était vermoulue et ses décisions fragiles.

Trouver une puissance d'avenir, prospérer avec elle...

L'Égypte? Pour commencer. Mais au-delà des deux monotonies, rivales et complémentaires, du Nil et du désert, il aspirait à de grands bois et à de vertes montagnes.

La Perse, peut-être... La Perse d'Abbas Mirza, héritier désigné du trône d'Ispahan, déjà grand capitaine, homme d'État prometteur. Certes battu par les Russes dans le Caucase en 1812, mais après de brillantes victoires, et ce n'était pas sa faute: les moyens lui avaient cruellement manqué. Il préparait sa revanche. Ce n'était pas déraisonnable de parier sur Mirza.

Ou alors attendre le Grand Retour?

Persuadé que les Cent-Jours n'étaient que la répétition, au sens théâtral, d'une rentrée définitive, fatale conclusion d'une geste inégalable, il L'aurait attendu jusqu'à la fin du monde.

Dans l'espoir fou – l'Empire même était folie – qu'Il s'évaderait de la «petite île» pointée sur une carte dans sa jeunesse, à Brienne en Bourgogne où il apprenait la guerre.

Pour beaucoup, l'évasion de Sainte-Hélène serait le couronnement d'une destinée unique dans l'histoire des hommes.

Alexandre était fils de roi, César descendait de Vénus, Bonaparte n'était même pas sûr d'être le fils de son père, hobereau besogneux d'une Corse marginale. Il avait dépassé Alexandre et César et ne pouvait pas finir là-bas. La justice l'interdisait. Le destin s'y opposerait. N'était-il pas l'esprit du monde? L'Allemand Hegel l'avait reconnu.

Il s'évaderait. L'Europe, dégoûtée d'avoir été rendue aux rois, l'acclamerait. Les Anglais pris de court prétendraient l'avoir libéré, pour le bien d'un continent malade de son absence, et aussi pour celui de l'humanité.

Ne plus tarder, se décider.

Il partirait.

Il n'était pas le seul à vouloir partir. Il avait fait la c sance d'un compagnon d'armes, Jean-Baptiste Vent loin son cadet, qui avait été *in extremis* dragon en tous deux portaient le même « deuil ».

C'est à Nice qu'ils avaient fait connaissance, sur la butte du château qui domine le port. Ils s'étaient reconnus de loin du même bord, nostalgiques de l'Autre, par la dégaine et le port de tête.

«Vive l'Empereur! Monsieur, avait dit Ventura soulevant son chapeau en croisant Allard, salut de cadet à un aîné.

— Monsieur, Vive l'Empereur!» avait répliqué Allard, puis ils s'étaient présentés avant de descendre place Masséna, qui ne portait pas encore ce nom, à la recherche d'un café qui avait pour enseigne *Aux ducs de Savoie*.

Cette place était déjà le centre de la ville, ville admirable par son site et l'indépendance d'esprit de ses habitants. Ceux-ci, que les seconds traités de Vienne avaient en 1815 ramenés sous l'autorité de la Maison de Savoie, la critiquaient d'abondance avec des éclats qui à Paris les auraient tous fait traîner en justice et condamner lourdement.

Après deux vermouths chacun et l'abrégé de leurs campagnes, ils s'étaient séparés contents l'un de l'autre et souhaitant se revoir vite. Les choses auraient pu en rester là.

Deux mois plus tard, Allard reflânait à Nice, dans la vieille ville, place Sainte-Réparate, devant la cathédrale. On jouait aux boules sous les platanes.

Dans sa jeunesse tropézienne il y avait beaucoup joué avec les pêcheurs sous la citadelle.

Le jeu consiste à placer sa boule le plus près possible du but. Ce but est une grosse bille de buis, parfois d'olivier, aussi appelée cochonnet. On le lance à une douzaine de mètres de la base où se succèdent tour à tour les joueurs des équipes opposées. Cette base est définie par un cercle tracé le plus souvent dans la poussière du bout de l'index. On l'occupe les pieds joints, les genoux pliés, le buste penché en avant pour un maximum de souplesse.

Les équipes sont divisées en pointeurs et tireurs. Les pointeurs font rouler leurs boules vers le but. Les tireurs bombardent celles qui devancent les boules de leurs amis; il faut les écarter pour vaincre.

Le choc des boules touchant leurs cibles est d'une violence extrême. Le fer claquant le fer produit un son plein, mat, très allègre, qui signale de loin dans toute la Provence les parties en cours et fait bondir les cœurs.

Le pointeur doit posséder la science du terrain pour tirer le meilleur parti de ses creux et de ses bosses. Le tireur doit posséder œil d'aigle et nerfs d'acier. Le pointeur est un savant, le tireur un héros.

Allard, adolescent, avait brillé dans le second emploi.

Plusieurs équipes se défiaient à l'ombre printanière, rivalisant de feintes nonchalances pour désarmer les méfiances adverses. Ces simagrées ne trompaient personne: chacun brûlait d'écraser l'ennemi.

Allard s'arrêta, rattrapé par sa jeunesse, oubliant un instant le Petit Caporal.

Un tireur sortait du lot: il aligna cinq carreaux de suite, performance inouïe.

On appelle «carreau» le choc direct d'une boule contre une autre, tombant du ciel sans toucher le sol, en boulet de canon. Toute sa puissance absorbée net, elle prend la place de sa cible, la projetant loin du jeu à des distances énormes. Ainsi fait-on d'une pierre deux coups: on chasse l'ennemi, on marque un point et souvent mieux, car la boule expulsée peut masquer plusieurs de ses rivales.

«Ôte-toi de là que je m'y mette.»

Cinq carreaux de suite, c'est historique.

Un sixième s'annonçait quand le champion, penché pour déclencher son tir, le bras gauche armé dans son dos, se redressa grimaçant: tour de reins.

Une voix désespérée demanda un remplaçant.

Aussitôt Allard s'avance, le bras levé comme à l'école et l'air dégagé de sa jeunesse.

« Merci, Monsieur », dit le patron de l'équipe secourue, non sans quelque inquiétude.

Le jeu reprend.

Allard tire cinq fois, marquant d'affilée les quinze points qui manquaient pour finir la partie.

Silence de mort. Cent badauds, deux cents peut-être, le contemplent comme un dieu.

Ventura est là, non par hasard – le hasard n'existe pas, Bossuet a tout dit là-dessus –, reconnaît son ami et crie « Vive l'Empereur ! » La foule le reprend d'une seule voix. La clameur retentit jusqu'au Mont Boron.

Trois policiers reconnaissables à leurs vêtements civils déjà s'esbignent au rapport.

Ventura s'avance, monstre d'élégance, dans une redingote à la Staub – peut-être était-elle de Staub ? – gris souris, cravate de soie blanche nouée à la Brummell, ornée d'une perle admirable.

« Quelles retrouvailles, mon capitaine ! dit-il. Quel poignet ! Quelle main ! Quel œil ! Vous ne m'aviez pas dit que vous étiez maître d'armes.

— Vous l'avez deviné.

— Le coup de bras, le coup de poignet, l'ouverture de la main pour lâcher la boule... »

Ventura continue :

« Maître d'armes dans la Garde, aux chasseurs à cheval, n'est-ce pas ? Les meilleurs cavaliers de l'armée, dont il portait la petite tenue.

— Ne me flattez pas.

— Vous ne niez pas ?

— Je ne peux pas. Je mentirais.

— Chasseurs à cheval... Si supérieurs aux cuirassiers, bien trop lents et massifs, n'est-ce pas ? »

Allard soupire : « Il ne faut pas en médire. Ils sont parfois bien utiles. Vous étiez trop jeune pour Eylau et même Essling, et même pour la Moskowa. Sans eux, je vous assure... »

Allard n'en peut dire plus. On l'arrache à Ventura pour le porter en triomphe. Les deux équipes opposées se relaient pour faire durer le plaisir. On accourt de tout le quartier pour l'acclamer comme il se doit. Il comprend à ces instants qu'il n'a pas raté sa vie.

Lorsqu'ils avaient fait connaissance aux *Ducs de Savoie*, ils ne s'étaient pas étendus sur leurs carrières, s'étaient limités aux précisions indispensables, sans lyrisme, toujours suspect.

« Je suis né trop tard, avait déploré Jean-Baptiste. Je vous l'ai dit brièvement, ça ne mérite pas mieux : je n'ai servi que tout à la fin. Dragon, dragon du crépuscule, quelques mois, en Italie près de chez moi. Un comble ! J'ai vu de loin des Autrichiens vert et blanc parmi les peupliers du Pô...

« De loin... soupira-t-il avec un chagrin sensible. Ils ne tenaient pas à nous voir de près. Ils avaient gagné. Pourquoi se fatiguer davantage ?

— Je comprends votre frustration, acceptez mes condoléances. Vous auriez continué ?

— Bien sûr. Vous aussi ?

— Naturellement. »

Pareilles natures n'étaient pas rares dans les rangs de ces hommes-là.

Allard reprit son discours.

« Je vous dis ça aujourd'hui, mais il y a cinq ans j'étais fatigué – une vieille chaude-pisse à Magdebourg. Maintenant c'est fini, je vais partir. Il n'y a plus rien à faire ici...

« Mais d'où êtes-vous exactement ? interrogea-t-il. D'Italie, soit, mais d'où ? C'est grand l'Italie.

— De Modène.

— La belle ville ! J'y suis passé en 1810. Mon cheval s'appelait *Vendetta*. L'Empereur y était populaire, je me souviens. Il avait émancipé les juifs. Ils y étaient nombreux.

— J'en suis, dit Ventura.

— Et vous vous êtes engagé en 1815 ?

— En 14, en avril, huit jours avant l'abdication.

— La pièce était jouée.
— J'étais jeune. Je serais mort de honte sinon. J'espérais… Il nous avait émancipés. »

Jean-Baptiste Ventura était né Rubino Ben Torah, à Modène en 1794. Les Ben Torah sont une grande famille de la communauté juive de Modène, vouée depuis toujours au commerce de ces tissus de luxe qu'on se disputait depuis des siècles à Paris, Londres, Vienne, Saint-Pétersbourg et même Berlin.

De brillantes études, talmudiques et juridiques, prolongées jusqu'à ses vingt ans, sous l'œil bienveillant de son père, lui permettaient tous les espoirs.

En 1814, il avait tout abandonné pour la cavalerie, la cavalerie de Napoléon, à la veille de sa fin.

Son père n'avait pas cherché à savoir pourquoi : c'était un père presque parfait.

Il s'était borné à demander à son fils de changer de nom « car la chose militaire n'est pas dans le génie de notre famille », et de « revenir le plus vite possible », ajoutant : « Cela pourrait ne pas être long. » Rubino choisit de s'appeler Jean-Baptiste Ventura et s'enrôla dans les dragons.

Quand la nouvelle de l'exil de l'Empereur les avait frappés, le désespoir les avait accablés. Ils s'étaient détachés de tout, et d'abord de leurs amours.

Amours ? Déshonorantes distractions d'une tristesse qu'ils devaient chérir toute leur vie.

Ils n'étaient pas faits pour elles, allaient-ils dire à leurs fiancées.

Ventura écrivit le premier à sa fiancée. Elle s'appelait Sarah Garigliano. Elle était ravissante et très intelligente. Ils devaient se marier le 20 août à Ravenne dans la Grande Synagogue aux splendides mosaïques. (Ravenne où Attila, encore adolescent, avait, plein d'arrière-pensées, mesuré le délabrement de l'Empire romain.) Il lui avait écrit le 15 avril : « Sarah chérie, l'Empereur est exilé, il n'y a plus d'avenir ici. Adieu, soyez heureuse. »

Allard fut devancé. Bénédicte Margaillan, de Sainte-Maxime, héritière d'un armateur à l'anchois et à la sardine, prévint son congé. Elle avait vingt et un ans, sans doute avait-il mal fait sa cour, comme s'il se mariait pour faire une fin. Son âge pouvait le laisser soupçonner.

Le 13 mai, il en avait reçu ce billet douloureux mais flatteur: «Votre cœur est trop à l'Empereur pour que je puisse espérer, non pas l'en déloger, Grand Dieu!, mais m'y faire seulement une petite place.»

La dignité de la missive l'avait presque consolé: il ne s'était pas trompé en choisissant Bénédicte.

Allard et Ventura décidèrent de partir chacun de leur côté, le premier pour l'Égypte et le second pour Constantinople, où ils avaient des recommandations.

Ils s'étaient retrouvés quelques mois plus tard en Perse après des semaines d'attentes déçues.

À Ispahan, les Français étaient bienvenus, comme ennemis des Russes. Certes ils avaient été battus, mais, pour les battre, il avait fallu aux Russes l'aide de l'hiver d'abord, puis de l'Europe entière, et ce n'avait pas été de trop. Ils avaient pris Moscou... Le prestige demeurait intact et considérable. Et de la Perse la Russie guignait au moins la moitié nord.

Là-bas, les deux amis prospérèrent. Ils ne savaient pas le persan, ils l'apprirent.

Déplorant qu'ils ne fussent pas canonniers, le shah leur confia deux régiments de ce qu'il appelait ses cuirassiers. Ils prirent en main deux cohues étincelantes et ineptes, moyenâgeuses, alourdies d'armes superflues: deux sabres, un long, un court; une lance, une massue, un fusil de deux mètres de long, un arc – au cas où... – sans oublier le carquois... Ils les allégèrent, les disciplinèrent, en firent des merveilles, à la parade et au combat. Mirza les félicita plusieurs fois.

Les Anglais omniprésents en conçurent de vives alarmes: qu'arriverait-il si les Français continuaient sur ce chemin? L'armée perse, jusque-là cousine des masses informes que

Darius avait menées contre Alexandre, allait devenir formidable. La route des Indes serait menacée…

Les Anglais n'étaient pas que lucides, ils étaient persuasifs. Persuasifs et généreux.

Le shah fut bientôt convaincu que les Français étaient dangereux : s'ils ne complotaient pas contre lui, ils en étaient capables et n'en étaient pas loin ; il serait bon de les éloigner…

« Pourquoi ne pas simplement les tuer ? » s'étonna-t-on en Perse.

Les deux Français, obéissant à leur tropisme, choisirent de fuir en Inde et, là-bas, au Penjab qui donnait de grandes espérances.

2

Le Penjab occupe le nord-ouest de l'Inde.

La Perse, l'Afghanistan, le Cachemire, le Bengale et l'Hindoustan l'entourent d'ouest en est, dans le sens des aiguilles d'une montre.

Le Penjab est le pays des Sikhs. *Sikh* veut dire «disciple».

Les Sikhs sont les fidèles de la religion appelée *sikhisme*.

Leur aspect frappe beaucoup les voyageurs. Comment ne pas songer, sinon croire, que leur physique ne doive beaucoup à leur foi? Car les Sikhs, hommes et femmes, régulièrement beaux, sont souvent magnifiques. Allard et Ventura croient constamment rêver. En Éthiopie seulement, sur les hauts plateaux, auraient-ils pu s'émerveiller de tant de beauté.

Les Sikhs ont cette peau dorée qui appelle le bonheur. Le nez droit, les lèvres généreuses, les oreilles petites et bien ourlées, jamais décollées du crâne. Le regard sombre, vif et franc. Ils sont grands, hommes et femmes, et bien découplés. Leur maintien est fier, sans soupçon de vanité – ce sentiment dévoyé de supériorité qui fait tant de ravages dans l'espèce humaine.

Les femmes ont comme les hommes l'air dégagé de citoyens exercés à la liberté de pensée.

Autre miracle, les Sikhs, dans leur État, ne totalisent que

six pour cent de la population. Hindous et musulmans se partagent le reste. La prépondérance d'une pareille minorité, parmi deux masses intraitables, est miraculeuse. L'acceptation, par une écrasante majorité, de la domination de cette minorité, ne peut s'expliquer que par une volonté divine ou le génie de son chef, lui-même soumis à cette volonté.

Çà et là, de loin en loin, se manifestent bien des ressentiments qui parfois tournent en émeutes, laissant sur le carreau quelques morts, mais, par rapport au reste de l'Inde, ces éclats sont infimes. L'apaisement de tensions séculaires entre communautés batailleuses est le plus grand succès de Ranjit Singh.

Allard et Ventura ne savent rien du sikhisme mais, dès leur arrivée à Lahore, ils s'empressent de remédier à cette ignorance, n'ayant qu'une semaine pour s'instruire et faire bonne figure devant le prince qui les recevra le 16 mars 1822.

Quel serait le meilleur instructeur ? Le patron de leur hôtel leur désigne un érudit célèbre, Baroud Singh Ahluwalia, « dont la science est inépuisable et le cœur grand comme le monde ». C'est un vieillard colossal et doux à l'immense barbe de neige et au regard brûlant.

« La religion sikhe, commence-t-il, vise à former les meilleurs des hommes...

— En quoi, maître, les meilleurs ? demande Ventura.

— Je pourrais vous dire "les meilleurs en tout", mais vous ne me croiriez pas. Je vous dirai "en l'essentiel". Et vous allez me dire : "Qu'est-ce que l'essentiel ?" Nous sommes pressés, je vais vous le dire tout de suite : "L'essentiel, c'est l'amour." »

Un bref silence succède à ce mot formidable et le maître reprend :

« Le mot *sikh* vient du sanscrit. Il signifie "disciple". Nous sommes les disciples du Guru Nanak, né au Penjab en 1469, fils d'un riche négociant. Vers ses trente ans, sortant du bain qu'il prenait dans sa rivière habituelle, il proclame solennellement : "Nul n'est hindou ni musulman."

— Mais il n'y avait que ça chez lui ! s'exclame Allard stupéfait. Comment pouvait-il les nier ?

— Oui, il n'y avait que ça, rien que des hindous et des musulmans. Il ne les niait pas. Ce qu'il niait, c'était leurs limites. Il se plaçait au-delà de leurs pesanteurs.

— *Pesanteurs* ? dit Ventura.

— Les hindous et musulmans se regardent en chiens de faïence – quand ils ne s'égorgent pas – depuis l'an mille où l'islam a envahi le nord de l'Inde. »

Les bouddhistes, autrefois nombreux, étaient passés en Chine. Les chrétiens étaient inconnus. On n'en trouvait qu'au Kerala, disciples de saint Thomas, à la pointe sud du continent, autrement dit au bout du monde. Jadis, des jésuites étaient montés de Goa à Delhi et Lahore pour causer avec le Moghol. Ils avaient été bien reçus et les choses en étaient restées là. (François d'Assise avait de même causé avec le sultan d'Égypte. Pour le même résultat.)

« N'empêche, dit Ventura, effacer les hindous et les musulmans, c'était se mettre tout le monde à dos...

— La vérité exclut les précautions. Une semaine ne suffira pas à expliquer cette affirmation dont nous discutons entre nous depuis deux cents ans. Nanak respectait tout le monde. Il ne voulait que du bien à tous, sans critiquer aucune croyance...

« Mais revenons à nos moutons, comme vous dites en France. Revenons aux Sikhs. On laisse prêcher Guru Nanak. Tant de prêcheurs prêchaient en Inde depuis cinq mille ans... Puis l'islam des Grands Moghols n'était pas totalitaire... Le message tient en quatre mots : un seul Dieu, égalité, altruisme et tolérance. Les hommes sont tous enfants de Dieu. Dieu est en eux, eux sont en Lui. Éternel, infini, tout-puissant, ineffable, inconnaissable, omniprésent. Vous me suivez ? »

Ils suivent.

« Nanak est très éloquent. Poète aussi, plein de talent. En Inde, on adule les poètes et le talent est révéré. »

Il recrute. Des milliers d'insatisfaits le reconnaissent pour leur maître. L'intercesseur irremplaçable entre eux-mêmes et le bonheur qu'ils ne savaient pas définir et qu'il leur révèle.

«Votre Pascal l'a relevé dans son style magnétique: *Tous les hommes recherchent d'être heureux, cela est sans exception.* Nanak prêche la pauvreté. Il distribue aux pauvres les capitaux que son père lui a remis pour les faire valoir et renonce à tous ses biens. Il parcourt l'Assam, le Cachemire, l'Inde du Sud, le Sri Lanka, visite La Mecque et Médine, prêche partout l'égalité, entre les castes, les religions, les hommes et les femmes. À La Mecque, on le laisse défendre autre chose que le Coran.

«En voici deux citations:

Le Sans Forme habite au royaume de la vérité.
Il contemple sa création avec un regard empreint de grâce.

et:

Les dons viennent du Seigneur, comment pourrait-on Le forcer?
Certains restent éveillés qui ne les obtiennent pas; Il les accorde à d'autres qui dorment et qu'Il éveille.»

La grâce ne dépend que de Dieu... Port-Royal, songe Allard, n'aurait pas contredit Nanak.

«Notre doctrine est tout entière contenue dans notre livre sacré, l'*Adith Grant Sahib*. Il est exposé dans le Temple d'Or, à Amritsar», continue Baroud.

Il insiste: *sikh* et *altruiste* sont synonymes. Le vrai Sikh n'agit que pour Dieu et pour son prochain. La paix est le bien suprême.

La ressemblance s'arrête là entre le sikh et le chrétien: le chrétien frappé sur une joue ne peut que tendre l'autre. On lui vole sa tunique? Qu'il donne son manteau! Le sikh n'en est pas là. On l'attaque? Il se défend – *S'ils te mordent, mords-les*! Se battre alors est à la fois un devoir et un bonheur.

«Le sikh ne fuit pas la guerre; sinon il aurait disparu, poursuit Baroud Singh. Plusieurs fois nous avons été tout près d'être anéantis. Les hindous comme les musulmans ont voulu nous supprimer. Ils n'y sont point parvenus. Nous nous sommes multipliés.»

Baroud est passé à la première personne du pluriel.

«En rase campagne, nous étions faibles; nous connaîtrons d'affreuses défaites: en 1747, le Petit Massacre, 7 000 morts; en 1762, le Grand Massacre, 30 000 morts. Cinquante chariots remplis de nos têtes seront promenés dans tout le pays pour terrifier les survivants – l'odeur comptant autant que la vue –, escortés de milliards de mouches. Leur nuage opaque les signalait au-delà de l'horizon. Son vrombissement faisait fuir les tigres et trembler les éléphants.

«Ces désastres nous fortifient. Les vocations se bousculent.

«En 1764, nous fondons la Confédération, réunion de douze grands fiefs dont les chefs sont les Égaux, face aux Afghans et aux Moghols. Nous faisons l'admiration de nos adversaires... Le chroniqueur musulman Qadi Nur Mohammed nous rend justice: "Ils ne tuent ni les femmes ni les enfants, ni les poltrons qui fuient le combat. Ils ne volent personne et laissent aux femmes leurs bijoux, fussent-elles reines ou esclaves. Ils ne commettent pas d'adultères, respectent les femmes de leurs ennemis. [...] Ils surpassent Hatim en générosité..."

— Qui est Hatim? demande Allard.

— Un saint d'Arabie, dit Baroud. Il y a douze cents ans, mort un demi-siècle avant l'Hégire.

— Chrétien, alors?

— Oui. D'une bonté si légendaire que le Prophète dans ses *hadiths* le donne en exemple.

«Les Moghols perdent pied. Le Penjab leur échappe. Nous menaçons Delhi. Hélas, nous ne sommes que des hommes. La victoire nous grise. Nous nous querellons. Nos assemblées sont des pandémoniums. Comme si nous étions seuls au monde et n'avions rien à craindre. Ces désordres auraient pu nous être fatals, mais Ranjit Singh est apparu...

«Nous continuerons demain.»

3

« Les Moghols éliminés, restent les Afghans... Et l'Angleterre nouvelle venue... commence Baroud le troisième jour. Les Afghans ne se consolent pas de la perte du Penjab qu'ils ont occupé cent ans. Les Anglais ne bougent pas. La Compagnie britannique des Indes orientales, installée à Calcutta, a avalé tout le Bengale en remontant le Gange. Arrivée au fleuve Sutlej, notre frontière orientale, elle en contemple l'autre rive, avidement bien sûr, mais calmement, prédateur raisonnable, invaincu et policé, qui attend sereinement son heure. Nos relations sont excellentes.

« Remercions donc les Afghans. Ils nous ont tenus en haleine. Sans eux, nos querelles nous auraient détruits. Ils nous ont forcés à nous entendre, l'unité nous a semblé souhaitable, d'où la Confédération... »

Ses élèves attendent la suite.

« L'unité, mais sous quel chef? questionne Baroud, maître d'école pour les stimuler.

— Ranjit Singh! lâchent-ils ensemble, écoliers d'élite, avec un véritable élan.

— Oui, Ranjit Singh, que vous verrez demain.

« À vingt ans, en 1801, il prend le pouvoir, se déclarant Chef de l'État.

— Comme ça? demande Allard.

— Comme ça, dit Baroud.

«Vous en savez assez maintenant pour le voir demain, conclut Baroud, levant son immense carcasse du coussin qui lui servait de siège. Je lui dirai que je suis content de vous.»

Puis il disparaît.

4

Ranjit Singh est né en 1780, fils de Mahan Singh, seigneur d'envergure moyenne, et de Raj Kaur (*Kaur* veut dire «princesse», comme *Singh* veut dire «lion»; les femmes sikhes sont toutes princesses, tous les hommes lions).

À onze ans, baptême du feu. Un vassal refusant de payer son tribut, Mahan Singh va l'assiéger, avec son fils pour l'instruire. Le siège traîne. Mahan, malade, se croit mourant. Il adoube devant ses troupes son fils pour son successeur.

La mort s'éloigne, la fatigue persiste. Mahan rentre chez lui prendre du repos, laissant Ranjit au commandement – avec de bons capitaines.

Informés, les amis du vassal assiégé se portent à son secours. L'enfant leur tend une embuscade et les met en déroute. Son père décrète trois semaines de fête et meurt enfin de contentement.

Ranjit a douze ans.

Sa mère exerce la régence dans un grouillement d'intrigues. Ranjit, écœuré, prend le large dans la nature qu'il a toujours aimée. Passionné de chasse et de chevaux, il oublie auprès des bêtes, dans les savanes et les forêts, l'atmosphère toxique de la cour.

Il s'élève là presque seul, sans apprendre rien de convenu,

demeurant jusqu'à sa mort analphabète intégral (Akbar le Grand en était resté là). Des capacités d'observation infiniment développées par la fréquentation des serpents et des tigres, des rapaces et des colombes, des éléphants et des fourmis compensent cette ignorance.

La vision de son œil unique – une varicelle lui avait tué l'autre – dépassait celle du lynx. L'œil intact, sans concurrence, se fortifia sans doute exponentiellement.

Toujours buvant…

L'alcool occupe de bonne heure une grande place dans sa vie. Les seigneurs sikhs sont rabelaisiens : *Buvez toujours, ne mourrez jamais.* Ils sont jugés à leurs capacités d'absorption. Plus ils boivent, mieux ils sont vus. Les grands assoiffés sont des personnages qu'honore le suffixe *bhangi*. Le mot désigne une décoction alcoolisée de cannabis dont raffolent les aristocrates. Si Ranjit n'était devenu roi, il eût été Ranjit Singh Banghi.

Les Anglais, si adonnés, admirent vite l'adolescent qui sait boire et réfléchir.

Toujours buvant, courant, chassant, nageant et piégeant, il arrive à seize ans et se marie une première fois, avec la belle Mehtab Kaur, héritière d'un grand fief.

À dix-huit ans, l'héritage d'une deuxième épouse, Data Kaur, fille du grand seigneur Kazan Singh Nakai Misi, augmente encore ses possessions. Un peu fâchée de cette concurrence, Mehtab Kaur retourne chez elle. Elle reviendra de loin en loin, toujours bienvenue, écoutée même, sans rancune de part ni d'autre. Les hommes et les femmes sikhs sont libres et ne se cachent rien.

Après l'assassinat de son Premier ministre, victime de contribuables excédés, sa mère abandonne la régence. Le voilà au premier rang.

Ranjit est un chef né, obéi d'instinct. Agrandi par ses mariages, son domaine est le plus important de la Confédération. Il s'en fait l'unificateur, se montrant aussi bon dans la paix que dans la guerre.

Commence le XIXe siècle. En avril 1801, il se proclame

Chef de l'État, d'un État à construire de la cave au grenier. La charrue précède les bœufs; le titre, le pouvoir.

Les Anglais, le jugeant capable de maintenir le calme, le reconnaissent roi de Lahore. À lui de tenir ce Penjab dont les masses rivales sont traversées d'humeurs dangereuses. Les Anglais sont attentifs et patients. Les relations avec eux ne seront jamais mauvaises, faute de pouvoir l'être.

Les Afghans ne lui font pas peur, la menace vient des Anglais. S'en protéger sera sa hantise; y faire face et, qui sait, en triompher, sera son rêve.

Napoléon le fascine. Il en suit passionnément la fortune, se faisant lire pendant les quinze ans que dura l'épopée les courriers venus d'Europe. Ces courriers étant surtout anglais, il s'acharnait à en découvrir entre les lignes les déformations, prenant plaisir à discerner les inquiétudes dont ils transpiraient. Inquiétudes, déceptions, fureurs aussi, sous leur vernis d'impartialité.

La nouvelle d'Austerlitz le touche en février 1806. Déjà conquis par Bonaparte, il s'enflamme pour l'Empereur, écraseur des coalitions payées par Albion.

Iéna et Auerstaedt, Friedland, Wagram, sont fêtées sans limites.

Pragmatique, en 1809, il signe à Lahore un traité avec la Compagnie secrètement honnie.

Article 1er

«Une amitié perpétuelle est déclarée entre le Gouvernement britannique et l'État de Lahore. Ce dernier bénéficiera de la clause de la nation la plus favorisée. Le Gouvernement britannique ne s'occupera point des territoires et des sujets du Rajah au nord-ouest de la rivière Sutlej (rive droite).»

Article 2

«Dans les territoires occupés par lui-même et ses vassaux sur la rive gauche de la rivière Sutlej le Rajah n'entretiendra jamais plus de troupes que nécessaire aux besoins internes de ces territoires et ne commettra ni ne souffrira aucune atteinte aux possessions ni aux droits des Chefs voisins.»

Protectrice des chefferies limitrophes, l'Angleterre bloquait le Penjab vers l'est. Ce n'était pas pour s'y arrêter.

Il était encore prévu que toute infraction abolirait l'amitié perpétuelle.

L'entrée à Moscou en 1812 est l'occasion de réjouissances énormes. Le grand homme l'a déjà quittée, en route vers son désastre, mais Lahore l'ignore encore.

Ranjit rêve de voir la Grande Armée descendre sur la Perse, pousser jusqu'à l'Indus, au bord duquel il lui offrirait une réception dont on parlerait mille ans.

Les malheurs de l'Empereur ajoutèrent à sa gloire. Son échec, si grandiose qu'il fut, l'avait rapproché des hommes ordinaires : ils pouvaient donc l'imiter.

En 1818, Ranjit ajoute à son royaume la vaste principauté de Multan, baignée par la Chenab, splendide rivière qui descend du Cachemire et se jette dans l'Indus pour en doubler le débit. Le Multan depuis un siècle était aux Afghans. Sa perte leur est un coup terrible. L'année suivante, il leur prend le Cachemire. Ils ne tiennent plus que Peshawar. Sa perte abolirait pour eux mille ans de conquêtes en Inde.

Personne n'est parfait : conquérant impeccable, brillant administrateur, Ranjit est aussi un malade imaginaire. Un texte anglais le dit « hypocondriaque », ce vieux mot si expressif.

Il voit ses médecins tous les jours, souvent plusieurs fois, réclamant sans répit des remèdes nouveaux pour traiter des maux fantômes, en réclamant toujours d'autres, les menant tous tour à tour à la dépression. Certains deviennent fous. D'autres à bout d'espérance renoncent et lui donnent n'importe quoi d'inoffensif. D'autres disparaissent sans laisser de traces dans la crainte que leur patient ne les fasse rechercher et ne les reprenne à son service, car il n'est pas rancunier. On racontait même que certains s'étaient enfuis jusqu'en Europe. Tel s'était fait magicien dans une principauté de la Confédération du Rhin. On avait vu tel autre dans un cirque d'Édimbourg. Un troisième prospérait chez le tsar à Saint-Pétersbourg, jouissant d'une clientèle magnifique de grands-ducs et d'artistes, surtout de princesses oisives à l'écoute de leurs corps.

Les auteurs qui rapportent cette obsession sanitaire la disent tous sans rapport avec une banale peur de la mort.

On peut les croire. Ranjit était complètement étranger à ce sentiment absurde, que l'on croie au ciel ou que l'on n'y croie pas. Il l'avait démontré vingt fois et pas seulement dans sa jeunesse, âge, paraît-il, de l'abnégation et du désintéressement. Les années n'avaient en rien refroidi son ardeur au combat. Bourré de médecines extravagantes, il repoussait encore les bornes de la témérité.

Quand l'ennemi le savait à la tête de ses troupes, il refusait la bataille, comme Koutouzof devant l'Autre, pour ne pas tenter le diable. Il avait plusieurs fois confié sa bannière à tel ou tel de ses généraux pour la déployer en son absence. Le résultat de ce subterfuge n'avait jamais varié. À peine la soie jaune brodée d'or à ses armes commençait-elle à frémir dans l'une ou l'autre des brises qui descendent de l'Himalaya ou de l'Hindou Kouch, les rangs pachtouns peu à peu s'éclaircissaient pour s'évanouir enfin dans les montagnes d'où ils étaient sortis, rêvant de gloire, de fortune et de paradis.

Cette supériorité le rapprochait du Petit Tondu, son modèle, dont la seule présence avait tant de fois réparé les dégâts que les nonchalances et les jalousies de ses maréchaux avaient causés.

5

« Racontez-moi tout », dit-il de sa voix douce.

Ranjit Singh a maintenant quarante-deux ans. Son ascension est continue depuis trente ans.

Il s'est concilié la plupart des barons, a construit un État prospère, en expansion permanente aux dépens des Afghans dont il est la bête noire. Le Penjab est prospère. Les Anglais le respectent.

Que raconter ? se demandent, à part, Allard et Ventura.

Ranjit enchaîne sans attendre : « Pourquoi Napoléon a-t-il été vaincu ? »

« Il le sait, bien entendu, pense Allard, et veut savoir ce que j'en pense. »

Baroud avait prévenu Allard : l'empereur des Sikhs ne savait ni lire ni écrire, mais il voulait tout savoir. Affamé de connaissances, son ignorance le démangeait. Questionneur compulsif à la mémoire impitoyable, il ne savait pas tout sur tout, mais beaucoup sur bien des choses qu'on n'eût jamais soupçonnées.

Il retenait souvent ses visiteurs des heures ; les bavards les plus robustes le quittaient épuisés.

« Pourquoi l'Empereur a-t-il dédaigné le sous-marin de Fulton ?

— Le sous-marin de Fulton ? Je demande pardon à Votre Majesté…

— Oui, l'Américain Fulton qui lui a présenté aux Tuileries les plans d'un navire plongeur torpilleur qui aurait coulé à lui seul toute la flotte anglaise.
— Majesté, excusez-moi, je n'en ai pas entendu parler.
— Ça ne fait rien, dit Ranjit Singh. Êtes-vous allé en Égypte ?
— Oui, Majesté. Quelques années après Bonaparte.
— Avez-vous vu les colosses ?
— Oui, Majesté. Ils sont vraiment énormes.
— Non loin d'ici, nous avons les bouddhas de Bamian. Ils sont encore plus grands.
— Oui, Majesté. »
L'empereur des Sikhs s'épanouit sous son turban de soie jaune, surmonté d'une énorme aigrette de diamants.
Un très bon auteur anglais en a donné une effrayante peinture :

« Sans rien exagérer, c'est l'homme le plus affreux et disgracié que j'aie connu dans tout le Penjab. Son œil gauche, qui est fermé, le défigure moins que l'autre, mais ce blocage de la paupière crispe sa peau gris-brun de telle sorte qu'elle en est ratatinée et semée d'une multitude de petits cratères. Son nez, droit et court, est tout gonflé à son extrémité ; ses lèvres minces sont retroussées sur ses dents qu'il a encore bonnes ; sa barbe grise, rare sur les joues et la moustache, s'épaissit sous son menton jusqu'à composer un grossier tapis ; sa tête, dépourvue de cou, directement plantée entre de larges épaules, est trop grosse pour sa taille et semble y être bloquée. Ce cou embryonnaire est épais et musculeux. Les bras et les jambes sont grêles. Le bras gauche et la même jambe ont tendance à pendre (traîner pour la jambe et pendre pour le bras). Les mains sont petites et bien formées. Sa perpétuelle effervescence mentale lui fait sans cesse presser les doigts de ses vis-à-vis.
« Ses vêtements contribuent beaucoup à sa laideur, en hiver, ils sont jaunasses, couleur de gomme-gutte, de la tête aux pieds. Assis dans un fauteuil anglais, les pieds repliés sous lui, sa posture le rend lamentable particulièrement… »

Ce début n'est pas flatteur, mais :

« À peine est-il à cheval, son bouclier noir dans le dos, il se révèle. Le disgracié disparaît. La force qui l'anime irradie de tout son être et lui confère une espèce de grâce que personne n'aurait pu attendre. »

À la mode du temps, cette description est assortie de considérations morales :

« Il assumait plus que sa part des faiblesses et des vices qui se développent comme toutes les graines dans la nature humaine. À première vue, sa personnalité ne pouvait qu'être aussi tordue et difforme que son enveloppe charnelle. Égoïsme, fausseté, avarice étaient son lot. Fieffé superstitieux, il était aussi un ivrogne consommé (d'où sûrement le nez "tout gonflé") et fornicateur effréné ; il s'adonnait à tous ces défauts avec grandeur, analogue en cela aux hommes les plus illustres, Alexandre, César, Napoléon, de même doué d'une puissance mentale libre de toute droiture. Il était grand car il possédait à un degré extraordinaire les qualités sans lesquelles les succès supérieurs sont hors de portée. Il était comme eux privé des vertus les plus répandues parmi le commun des mortels. »

Ranjit serait mort quand paraîtraient ces commentaires mitigés. La description physique à part, Allard et Ventura n'auraient pas pu les approuver, ni les infirmer, après trois heures seulement avec lui. Trois heures passées comme le vent.

Oui, Ranjit Singh était peut-être l'homme le plus laid, de l'Himalaya à la pointe du Kérala, mais il en était aussi le plus séduisant.

« Maintenant nous allons boire à notre rencontre que je trouve déjà très heureuse. »

Les choses avec lui vont toujours rondement.

Un serviteur apparaît, prend commande, disparaît, reparaît avec un plateau chargé d'une bouteille surprenante et de flûtes en cristal gravé d'une farandole de tigres – la bouteille est de champagne. C'est un magnum de Veuve Clicquot, brut de 1811.

Allard se souvient.

Devant Reims – tant de temps déjà – à la fin d'une mauvaise journée, isolé avec ses hussards par un crépuscule glacial, il était arrivé devant une ferme, énorme et fortifiée, au sommet d'un coteau couvert de vignes. Il avait décidé d'y attendre le lendemain.

À peine démontés dans la vaste cour, un bruit de charroi les avait alertés. C'était un convoi – vivres, équipements, munitions, numéraire sans doute – pour l'armée de Schwarzenberg ou de Blücher, comment savoir ? Il faisait noir. On n'entendait que de l'allemand avec un peu de russe.

Ce convoi était sans fin. L'envahisseur rasa les murs pendant plus de deux heures.

Qu'auraient pu quarante hussards, à pied par la force des choses, contre cette multitude ? Le cœur aux dents derrière les gros murs, attendant que l'on cogne au massif portail, ils avaient écouté le tapage. Craquements de roues, jurons, claquements de fouets et de sabots, roulements de canons et de caissons sur la route gelée.

Plus de deux heures avaient passé quand le silence reconquit la nuit, ponctuée, çà et là, d'incendies intermittents. De loin en loin les appels de hulottes en accentuaient la profondeur.

Alors ils visitèrent les lieux, n'ayant eu que le temps de garer leurs chevaux dans une écurie pour trois ou quatre escadrons.

Ils descendirent dans les caves. Elles étaient immenses et pleines. Des milliers de bouteilles luisaient dans les halos des torches.

Ils furent parfaits.

« Quatre bouteilles par tête ! Le reste, vous le respectez ! » ordonna Allard, toujours obéi, fût-il très loin et le dos tourné. (Son accent provençal pétrifiait ses recrues dont la plupart venaient du nord de la Loire. S'il arrivait qu'elles en rient, elles comprenaient sur-le-champ que sa mélodie enjôleuse enrobait des fermetés déroutantes.)

Le champagne était d'une fraîcheur parfaite. Allard se reprocha d'avoir craint qu'il ne fût tiède et se jura de ne jamais sous-estimer celui qui, il l'espérait, serait leur maître tout à l'heure. Et se rappelant que la Veuve était la coqueluche de Saint-Pétersbourg, il songea que peut-être les milliers de bouteilles laissées dans la ferme étaient allées renforcer les caves du Palais d'Hiver et de Tsarskoïe Selo.

Que c'était loin ! Les rois honnis étaient revenus, les héros humiliés, l'Empereur était mort... Et qu'à Lahore il faisait chaud !

Le serviteur enturbanné lui présenta une flûte embuée qui le fit fondre d'optimisme. Ranjit Singh était un seigneur qui n'ignorait rien du monde. Il prit la flûte fraîche comme une rose, l'éleva en l'honneur de leur hôte, lui voyant faire le même geste ; Ventura les imita. Ils burent. Il n'y a pas de bonheur qu'au ciel !

Ranjit Singh s'essuya la barbe et les lèvres avec un grand mouchoir de soie pourpre brodé de gazelles et de grues couronnées et reprit :

« Allard Sahib, votre père était officier de marine, capitaine de vaisseau, vous a-t-il appris la navigation ?

— Non, Majesté, hélas. J'ai perdu mon père de bonne heure et ne l'ai presque pas connu. Il était toujours en mer.

— Dommage, vous auriez pu m'instruire. Vous, Ventura Sahib, vous êtes de Modène, en Italie du Nord, si différente de celle du Sud, m'a-t-on dit. Vous êtes de ceux qui ont fait la prospérité de l'Émilie et de la Romagne...

— Oui, Majesté. Nous sommes soyeux depuis l'acclimatation du ver à soie en Europe...

— Au XVIe siècle chrétien ?

— Au XVIe siècle. Auparavant nous étions négociants en soie d'Asie.

— Depuis quand ?

— L'an mille, m'a-t-on dit. »

Ranjit Singh plissa la paupière droite, expression rare d'une satisfaction entière.

«Vous revenez donc sur les traces de vos ancêtres. Je vous félicite.»

Ventura inclina la tête.

L'empereur reprit à brûle-pourpoint:

«Vous serviriez dans mon armée?

— Nous ne demandons que cela, Majesté. Nous serions les plus heureux des hommes, dit Allard.

— Eh bien, vous êtes les bienvenus. Vous aurez beaucoup à faire. Mon armée est lamentable. La bravoure ne manque pas, tout le reste fait défaut: l'instruction, l'entraînement, la discipline et l'armement. Vous en jugerez vous-mêmes. Je vous la présenterai demain. Demain à six heures. Il fait jour et encore frais. C'est la meilleure heure.»

6

À six heures, le lendemain, à peine étaient-ils assis, à la droite et à la gauche du maharadjah, dans de grands fauteuils dorés sculptés de sphynx – pur style Retour d'Égypte, ce n'était pas un hasard –, posés sur une estrade de deux mètres de haut qu'un piétinement confus et sourd annonça l'armée.

Le sol nu de l'immense esplanade devant le palais avait été arrosé dans la nuit, sans quoi ils n'auraient distingué de l'armée que de fantomatiques silhouettes englouties dans la poussière.

Quelle cohue ! Quel désordre ! Quel bariolage !

La cavalerie formait le gros de cette foule chaotique. Les chevaux étaient beaux, les hommes aussi. Farouches sous leurs turbans jaunes avec leurs barbes noires et leurs moustaches anthracite. Armés jusqu'aux dents : moukkhalas, divers poignards et sabres courbes, arcs doubles et carquois pleins. Un filet de passementerie pourpre couvrait le col des chevaux. Les brides étaient garnies d'écharpes flottantes galonnées d'or qui passaient sous les poitrails jusqu'aux sous-ventrières, des grappes de pompons de soie écarlate pendaient aux coins des tapis de selle carmin.

Tout cela passait en désordre. Un désordre très martial qui inquiéta vivement Allard et Ventura, car sa conjonction avec la bravoure ostensible des cavaliers impliquait au combat des pertes importantes à moins que leurs adversaires ne leur ressemblent. Ventura par atavisme, Allard par expérience, ne le savaient que trop : *il n'est de richesse que d'hommes.* Il faut en perdre le moins possible. Seuls les hommes avaient manqué à Napoléon.

Pareilles troupes ne pouvaient être qu'imprévisibles.

Ils se rappelaient l'ordonnance de leurs régiments d'autrefois, Allard, ses hussards, Ventura ses dragons. Leur cohésion, leurs alignements, leurs mouvements d'ensemble comme de corps de ballet.

Tout restait à faire. Cette cavalerie n'était qu'une horde. La tâche était gigantesque.

« Ils n'ont pas de trompettes ? s'enquit Allard.

— Non, dit Ranjit, ils se commandent à la voix.

— Et ils obéissent ?

— Mal », dit Ranjit.

Et que dire de l'infanterie ?

La pagaille de l'infanterie surpassait tout.

« Vos fantassins n'ont pas de tambours ?

— Pas encore, je vous fais confiance. »

Le carnaval dura trois quarts d'heure. Ils rentrèrent au palais.

Ranjit Singh les entraîna dans un salon de lapis-lazuli prolongé d'une loggia qui donnait sur la plaine à perte de vue où s'activaient des milliers de paysans vêtus de blanc.

Ils s'installèrent sur des coussins de brocart pourpre. Un serviteur apporta le champagne. La Veuve toujours – quel bonheur ! – coula dans le cristal gravé. Ils burent. Il était sept heures du matin.

« Qu'en pensez-vous ? Ne prenez pas de gants, dit Ranjit, s'étant essuyé la moustache.

— Il y a beaucoup à faire, Majesté, dit Allard.

— N'est-ce pas ?

— Comment classer les unités qui ont défilé devant nous par rapport à leurs adversaires, habituels et potentiels ?

— Nos adversaires habituels sont les Afghans ; les potentiels, ce sont les Anglais. Dans les deux cas, nous sommes à nous-mêmes les plus coriaces. À soi-même, on est toujours son pire ennemi. Mais je ne vous apprends rien.»

Il reprit:

«Pour l'heure, les Afghans seuls nous occupent. Ils sont têtus comme des mules mais encore plus mauvais que nous. Jusqu'à présent, ils en souffrent.

— Comment cela, Majesté?

— Ils sont le plus souvent déçus.»

Allard et Ventura furent frappés en même temps de la même pensée: Ranjit Singh était un grand homme; la pratique de l'euphémisme est rarement signe de petitesse.

«Quant aux Anglais, rien ne presse encore. Vous êtes ici pour profiter du délai qu'ils nous laissent. Le travail vous fait-il peur?

— Majesté, nous ne serions pas là», répliqua Allard.

«Vous toucherez pour commencer cinq mille roupies par mois. Si nous faisons affaire...» dit Ranjit.

Allard s'était informé, Ventura aussi; chacun de son côté.

Le fantassin de base touchait huit roupies. Un colonel – il n'y avait pas encore de généraux dans l'armée sikhe – quatre cent cinquante, en fin de carrière. Ils auraient vingt-cinq fois plus. Fallait-il remercier? Leur conscience leur dit oui.

«Majesté, nous n'espérions pas...

— Je ne m'arrêterai pas là si je suis content de vous. Buvons à votre succès.»

Les Anglais disaient Ranjit avare, ils étaient mal informés.

La Veuve scintillante remplit plusieurs fois les flûtes translucides, changées, sitôt vides, par des serviteurs splendides dans leurs pantalons bouffants de soie orange, leurs corselets en lamé d'argent, leurs turbans turquoise et leurs pantoufles indigo, avec leurs profils d'aigles basanés. Des éléphants barrissaient, de joie certainement, dans les écuries royales. La journée était bénie.

7

« Par où commencer, Majesté ? demande Allard.

— Il faut changer les mentalités…

— Lesquelles, Majesté ?

— Toutes. Toutes les mentalités. Voilà le fond de votre mission.

— Éclairez-nous, Majesté, dit Allard.

— Le défilé que j'ai eu la cruauté de vous inviter à regarder… Cruauté double, envers vous et envers moi, car ce n'est pas de gaieté de cœur que je vous ai donné en spectacle une cohue si piteuse qu'un seul bataillon de votre Vieille Garde l'eût renvoyée d'un souffle à son néant. J'ai souffert plus que vous, ce spectacle me condamnait.

— Oui, Majesté, dit Allard trop vite, aussitôt se mordant les lèvres.

— Votre mission est de remédier à l'anarchie qui s'est déployée devant vous si complaisamment – ils adorent parader devant des étrangers. Vous devez transformer cette cohue en armée.

« Ils sont braves, n'en doutez pas. Ils aiment se battre. Ce sont des paysans durs au mal qui travaillent beaucoup. La guerre les délasse. Elle est leur plus grand plaisir, et la discipline, leur plus grand ennemi ; ils n'en soupçonnent pas la nécessité. Terrible ignorance dont ils ne sont pas responsables. Aujourd'hui, c'est moi qui le suis, à la place où je suis.

« Je vous délègue cette responsabilité. »

Il s'arrêta, son œil unique se perdit dans une rêverie qui s'interrompit brusquement par ces mots incroyables :

« Mon service me dévore. J'aurais beaucoup aimé écrire... Mais je ne sais pas écrire et je n'ai jamais pu trouver le temps de l'apprendre.

— Écrire, Majesté ?

— J'en ai beaucoup rêvé au fin fond des forêts. L'aurais-je su, j'aurais peut-être composé *La Nouvelle Héloïse* qui a fait pleurer Bonaparte... »

Le disciple manqué de Jean-Jacques Rousseau enchaîna :

« La plaie de mon armée, c'est la cavalerie. Ils veulent tous être cavaliers. Ils méprisent l'infanterie, d'un mépris de fer. Saurez-vous changer cela ?

« Vous avez connu ça, vous autres Français. À Azincourt, souvenez-vous, en 1415, le 25 octobre. Votre chevalerie a passé sur le ventre de ses piétons pour aller plus vite aux Anglais ; on a vu le résultat. »

Allard, éberlué, entendit Ventura confirmer : « C'est exact, Majesté, le 25 octobre, en Picardie... »

Il ignorait l'assiduité à s'instruire des grandes familles juives de Modène qui commercent avec le monde entier et connaissent intimement leurs clients.

« Oui, la cavalerie est mon tourment. Je les comprends, ces hommes tout le jour penchés sur la terre à biner, à sarcler, à labourer, à semer, à désherber, à irriguer. Ils ne peuvent avoir de plus grande joie que monter à cheval. D'abord courbés, ils se redressent en mettant le pied à l'étrier, puis ils s'élèvent, les voilà montés. L'horizon s'éloigne et s'élargit, leur vitesse de déplacement est multipliée par magie – le cheval est une créature magique. Le vent de la course leur fouette le sang, éloigne les moustiques. Leurs armes, que le cheval porte avec eux, mais ils en savent le poids, les font changer de monde. Ils entrent dans un monde dont ils peuvent se voir les maîtres. Vous le savez tous les deux, officiers que vous étiez de dragons et de hussards. Je le sais aussi, nous le savons tous les trois.

« Mes Sikhs donc, sitôt à cheval, de paysans très raisonnables se transforment en irresponsables. Azincourt me hante à chacune de mes campagnes. Je les vois s'élançant en vrac, massacrés par des feux de pelotons, les survivants dispersés comme feuilles mortes. Tant de chevaux étalés par terre pantelants et souffrants... Mes paysans si appliqués à cultiver leurs lopins deviennent fous à cheval. Ivres de joie...

« Heureusement, les Afghans sont encore plus brouillons. Avec les Anglais, ce sera différent... Il faudra être prêt.

— Oui, Majesté.

— Nul ne sait quand ils avanceront, mais un jour ils avanceront. Serons-nous prêts ? Si nous le sommes et que nous les contenions, tous les espoirs seront permis. Nous irons à Calcutta. Aimeriez-vous aller à Calcutta ?

— Nous n'y sommes pas encore, Majesté...

— Bravo ! Voilà ce qu'il fallait répondre. Je rêvais. La vie est un songe. »

Il reprit, d'un autre ton :

« Combien de temps vous faudra-t-il pour former mon armée ? »

Ils dirent quatre ans.

Il soupira :

« J'en aurais préféré trois... »

Dans les romans, même les meilleurs, les armées surgissent comme par magie, sans que le lecteur soit jamais informé des peines inouïes qu'il faut se donner pour les former. Dix mille hommes, cent mille, cinq cent mille, apparaissent d'une page à l'autre équipés de pied en cap et prêts à tout. Or la formation d'un seul soldat reste une tâche très ardue. Lorsque cent mille sont en jeu, elle est presque surhumaine.

« Saurez-vous fusionner ces folies individuelles en élan collectif ? Mes Sikhs seraient invincibles avec les façons de l'Europe... Mais vous devez mourir de soif... »

L'Europe, ce continent fébrile, obsédait Ranjit.

Le champagne reparut.

« Rien n'est si beau qu'un homme à cheval. Les femmes aussi sont transformées. Moi-même, qui suis l'homme le plus laid du Penjab – je ne me vante pas, mes femmes me le répètent assez souvent –, je suis bien moins repoussant en selle. Je peux même plaire. Des flatteurs m'ont dit que j'étais transfiguré. Je ne leur ai pas fait couper la tête. La peine de mort m'est insupportable. Aurais-je dû punir quand même leur stupide insulte ? Je me suis contenté de leur rire au nez. Ils ont changé de couleur. Au moins cela m'a rasséréné.

« Qui a dit en Europe "Je n'ai que faire d'être beau, il me suffit que les bons se rassurent et que les méchants tremblent" ? N'est-ce pas Charles Quint ?

— L'Empereur le citait, je crois, dit Ventura.

— Bien sûr. »

Ils se mirent à l'ouvrage. À leur départ de France ils avaient mis dans leurs bagages les *Instructions pour la cavalerie légère* du chef d'escadron Ramenard, des chasseurs de la Garde, où tout était dit.

Mais ils s'employèrent d'abord à faire l'éloge de l'infanterie pour convaincre leurs élèves que se battre à pied n'était pas déshonorant et pouvait être aussi glorieux que galoper sabre au vent en poussant des cris.

Tâche très ingrate. Le Sikh à cheval se jugeait sans nuance intrinsèquement supérieur au Sikh à pied, considérant ce dernier comme une sorte de domestique, un inférieur définitif.

En vérité, ils durent entreprendre eux-mêmes une campagne massive de recrutement car aucun cavalier ne se laissa persuader de descendre de cheval.

Ils abattirent de concert des centaines de kilomètres, passant de village en village, sous une mousson diluvienne qui avait au moins cet avantage de ramener les paysans au domicile et leur épargnait d'aller les chercher un par un dans les champs.

On les accueillait partout en représentants du maharadjah, qu'il fallait recevoir dignement. On les couvrait de cadeaux, on les écoutait avec des déférences émouvantes, mais d'engagements point. Aucun Sikh ne se résigna à devenir fantassin.

De retour à Lahore après quatre mois de pérégrinations épuisantes, ils rédigèrent un rapport pour leur maître : *Observations sur l'opinion du citoyen sikh quant au service dans l'infanterie.*

Rapport de douze pages dans sa version finale après la destruction d'une quinzaine de brouillons qu'ils sabrèrent, épouvantés par leur propre prolixité, absolument contraire à la brièveté que Ranjit Singh exigeait en tout.

Ils avaient craint d'affronter de sa part une critique foudroyante et se voir affectés à des garnisons sinistres dans les confins les plus déshérités de l'empire, pour « incontinence » inadmissible, « jusqu'à nouvel ordre ».

Ranjit se fit lire les douze pages. Demeura de longues minutes silencieux, semblant réfléchir, leur inquiétude allant croissant. Enfin il sourit.

Les dents étaient ce qu'il avait de mieux. Leur blancheur éclairait son visage difforme d'une lumière qui en effaçait les défauts.

« Il y a, dit-il, un moyen bien simple de susciter des candidats à l'infanterie...

— Oui, Majesté ?

— Doubler la solde. Vous devrez refuser du monde. »

L'équivalent d'un caporal, appelé *naïk*, était payé, selon l'ancienneté, de dix à douze roupies. Ranjit en offrit vingt, la solde d'un cavalier.

« Avant le prestige vient la finance. Mes paysans savent compter. »

Les vingt roupies permettaient l'entretien d'un cheval – dix pour l'homme, dix pour le cheval. L'homme ne serait que trop heureux de se voir l'égal du cheval. Dans le meilleur des cas, la terre ne rapportait pas plus de quinze roupies en travaillant d'arrache-pied.

« Le calcul est facile, il sera décisif. »

Ventura objecta que la cavalerie s'estimerait déclassée

par l'annulation de la différence de solde. Des troubles ne seraient-ils pas à craindre ? Ranjit répéta « des troubles ? » comme s'il eût entendu un gros mot, et répondit qu'un système de primes la rétablirait.

Il leur demanda d'y songer. Ce pourrait être une allocation spécifique de fourrage puisqu'il faut qu'un cheval mange…

On avait calculé que vingt mille fantassins suffiraient à veiller au salut de l'empire, autrement dit en repousser les limites aussi loin qu'il se pourrait. Il s'en présenta trente-sept mille en trois semaines, si bien que l'on put choisir les éléments apparemment les plus prometteurs.

Allard et Ventura se multiplièrent pour visiter les trente centres d'engagement répartis dans tout le pays.

8

La transformation des cohues de Ranjit Singh en armée réglée pouvait décourager les meilleures volontés. Allard et Ventura ignoraient le découragement.

Confrontés à l'obligation de transformer en troupes d'élite des gaillards incapables d'autres exploits que se ruer en désordre et frapper l'ennemi en hurlant, ils se piquèrent au jeu.

Fut-ce l'attrait de l'étrangeté ? La séduction indéfinissable de l'Autre ? De l'homme blanc venu de si loin, si rare en ces lieux ? Aux yeux de ces guerriers congénitaux que sont les Sikhs, le prestige de vétérans des guerres fabuleuses qui, ils le savaient, s'étaient livrées là-bas, en Europe ?

L'Europe... songeait Ranjit. Ce continent fébrile, expéditeur permanent d'émissaires curieux de tout, tantôt avides, tantôt généreux, expéditifs ou réfléchis, dominateurs ou respectueux, en même temps et tour à tour. Hommes comme les autres, mais remuants comme personne. Irrésistibles.

Un certain courant passerait entre les deux instructeurs en chef et les paysans pleins de santé choisis pour exterminer les ennemis de leur maître et gagner vingt roupies par mois.

Outre le bréviaire du commandant Ramenard, ils avaient apporté deux ouvrages indispensables : le *Manuel de la*

Cavalerie et le *Manuel de l'Infanterie*, ouvrages collectifs dont l'Empereur en personne avait corrigé les épreuves. Ils les firent traduire en persan tout de suite et copier à vingt exemplaires pour leurs adjoints.

Transformer des bandes sauvages en formations cohérentes est d'autant plus ardu qu'elles sont braves. La bravoure n'est pas forcément docile.

Le Sikh en fait de guerre manquait de modestie. Une longue suite de succès ne l'avait pas favorisée. Et les peuples aiment rarement d'emblée les étrangers omniscients dépêchés pour leur imposer des nouveautés.

Allard déplorait devant Ventura :

« L'exercice est affaire de répétition. Les hommes libres le supportent mal, s'ils n'y sacrifient pas un peu au moins de leur liberté. Dévouement rare. Les Spartiates, les Macédoniens, les Romains l'ont admis dans l'Antiquité. Aujourd'hui, les Prussiens seuls s'y adonnent pour de bon. »

Ventura l'encourageait :

« Je discerne des progrès. »

Rien de si ennuyeux que répéter, chaque jour, cent fois, les gestes de la survie. Le Sikh refuse de comprendre que l'instructeur est moins là pour lui apprendre à tuer qu'à sauver sa vie. Maniement d'armes, ordre serré, mutation de l'homme en mécanique, pourquoi ? Vaincre sans pertes ou le moins possible.

Éprouvants commencements. Quand ils se retrouvaient le soir, aphones d'avoir trop hurlé, ils comparaient leurs désappointements et se demandaient avec inquiétude si les quatre ans que Ranjit leur avait concédés suffiraient, s'ils n'auraient pas dû demander le double.

Allard était le plus pessimiste :

« Même le double n'y suffirait pas. Le foutoir est congénital. Les Gaulois de César devaient en être là. Il faudrait un siècle, des siècles peut-être, l'éternité… De Vercingétorix à l'Empereur, combien d'eau a coulé sous les ponts ? Souvenez-vous, Jean-Baptiste, comme les gardes-françaises laissaient à désirer. Quand vous lisez dans Saint-Simon “les gardes ont déçu”, à Hochstaedt par exemple, ou Ramillies, je ne sais plus, c’est assez clair : ils ont été au-dessous de tout.

— Oui, mais, pour se racheter, ils ont pris la Bastille. Sans eux, la populace ne l’aurait pu.

— *Populace* ! Jean-Baptiste ! Vous parlez comme un émigré ! Pourquoi pas la *canaille* ?

— Je trouve ce mot élégant.»

Bref, ils étaient proches du désespoir.

9

Ranjit leur avait demandé de se faire sikhs, dans la forme sinon dans le fond. Laisser pousser leur barbe et leurs cheveux, s'habiller comme eux et porter les mêmes attributs (qu'il appelait fétiches) afin d'être mieux acceptés de leurs hommes.

« Comprenez-moi. Ce sont des gens simples, ils n'aiment pas l'inconnu. Je vous demande d'aller vers eux, ils iront vers vous. »

Cela n'arrangeait rien.

Allard surtout se désolait d'un déguisement qui ne pouvait tromper personne et qui lui semblait trahison de ce qu'il avait toujours été. Il n'aimait pas son personnage. Ventura, juif d'Italie, d'une lignée de négociants ouverte au monde depuis bien longtemps, ignorait ces naïvetés.

Voici Allard devant sa glace qui ne se reconnaît pas. Il ne s'aime plus comme avant, ne s'aime plus du tout, croit-il. Se dégoûterait presque. Il ne se reconnaît plus avec cette barbe dont il n'eût jamais pensé qu'elle pousserait autant, cette barbe et ces cheveux...

« Ce n'est pas moi », dit-il, interpellant son reflet. L'inconnu qu'il considère ne lui plaît pas. Lui déplaît résolument. « Tu n'es pas moi », murmure-t-il.

Il y a trois mois, ne se rasant plus, qu'il ne s'est pas

regardé dans la glace. Et ce qu'il voit lui fait changer son opinion sur Ranjit Singh.

Il croyait, il y a trois mois, lui devoir beaucoup. Tout imprégné de reconnaissance et d'un respect qui ne pouvait pas être filial – cinq ans seulement le séparant de son bienfaiteur – mais n'en était pas très loin vu la différence de leurs positions, d'empereur à capitaine.

Sa transformation physique déclenche en lui une révision morale. Il ne nie pas demeurer l'obligé de son maître. Mais se travestir en Sikh réduisait de beaucoup sa dette. L'inconnu qui était son reflet en était la preuve : il avait fait à son employeur le sacrifice de lui-même. De son apparence seulement, mais l'apparence est l'essence de l'être. On le rabâchait dans la Garde où l'importance de l'image était exaltée sans relâche. Les instructeurs, sur tous les tons, répétaient à leurs élèves que leurs uniformes en faisaient les plus beaux hommes du monde, donc les plus redoutables, car, gueulaient-ils mécaniquement à la fin des séances d'instruction, « la beauté fascine et désarme ! » Sans se douter, pour la plupart, d'être en cela platoniciens.

Cette barbe invraisemblable, divisée en deux longues pointes qui lui balaient la poitrine, le rend méconnaissable à lui-même. Il doute de soi, le doute le plus dissolvant.

Il croyait se connaître. Le personnage qui lui fait face n'a rien de commun avec ce qu'il était trois mois plus tôt. Avec celui qu'il était depuis sa naissance et surtout depuis vingt-cinq ans et son engagement pour libérer le monde dans les armées de la République. Car il ne s'agissait de rien de moins en 1792 : libérer l'humanité. *Tyrans, descendez au cercueil !* ordonne *Le Chant du départ.* Il y avait cru, avec tant d'autres qui en étaient morts ; y croyait toujours.

Soit, il a trente-sept ans, le gris de cette barbe n'est pas scandaleux, mais elle n'est pas assez fournie. On voit à travers ; les poils s'emmêlent, ils sont trop légers et pas assez drus. C'est une barbe pauvre. Il faut vingt fois y passer le peigne pour avoir l'air de quelque chose. Que diraient ses camarades d'autrefois ? Il imagine leurs plaisanteries.

Ses cheveux non plus ne le satisfont pas. Il n'est pas chauve, Dieu merci, mais il n'en a pas assez non plus. Ils sont bruns encore, mais trop fins et légers. Il envie férocement le système pileux de ses hommes – leurs barbes épaisses, leurs cheveux luxuriants et souples. Il regrette son menton rasé et ses cheveux courts. Courts sans être ras : il portait la courte natte des hussards, qui ajoute tant de grâce aux mouvements du cou, stimulant l'intérêt des belles et le protégeant des revers de sabre ; rien ne résiste au fil d'une lame comme des cheveux tressés. Puis sa moustache, très élégante, mettait sa bouche en valeur au-dessus d'un menton parfaitement lisse. Les femmes l'aimaient.

Il observe avec humeur les mèches qui pèsent sur ses épaules et lui tiennent si chaud dans ces Indes étouffantes. Toise, dégoûté, cette barbe qui le défigure et le vieillit, en fait un grand-père alors qu'il n'a même pas d'enfants. Elle est si longue qu'il pourrait la coincer dans sa ceinture ; elle cesserait de flotter au vent... Pourquoi ne l'a-t-il pas fait déjà ? Il va le faire. Va lancer cette mode.

Débouclant sa ceinture, il essaie cette nouveauté. Malheur, elle est trop courte ! Les pointes sont bien coincées mais l'empêchent de lever la tête. Ça bloque, il est forcé de baisser le nez. Va-t-elle encore s'allonger ? Il en maudissait l'ampleur tout à l'heure. Maintenant, pour qu'elle pousse très vite, il donnerait n'importe quoi.

Il y a ici des chamans aux pouvoirs singuliers qui soignent toutes les faiblesses. Il consultera. Il faut tout essayer.

Ventura a de la chance. Une chance double : sa barbe à lui est très serrée et reste courte. À peine lui cache-t-elle le cou. Il n'en est pas gêné. Il s'accepte sereinement. La jalousie empoigne soudain, à sa honte, Jean-François Allard. Heureusement, elle se dissipe vite, il revient à lui-même. Se morigène : le Penjab vaut bien une barbe.

« Quand même, pourvu qu'elle pousse encore ! » soupire-t-il, se détournant du miroir.

Ranjit Singh leur avait dit :

« Je ne vous demande qu'une chose : garder comme nous tous vos cheveux et toute votre barbe. Et vous habiller comme nous. Ainsi vous serez sikhs et vous ferez mieux obéir. »

Les Sikhs en effet mettent un point d'honneur à se faire reconnaître. Nanak lui-même a spécifié qu'ils ne devaient en aucun cas se dissimuler.

Pour être complètement sikh et reconnu comme tel, il fallait aller plus loin, exhiber les « Cinq K » : Kesh, Kangha, Kachera, Kara, Kirpan.

Kesh : les cheveux tordus en une seule mèche, enroulée sur le crâne sous un turban orange. *Kangha* : peigne en bois dans les cheveux pour les maintenir bien rangés sous le turban. *Kachera* : culotte bouffante. *Kara* : bracelet en fer. *Kirpan* : poignard courbe, passé dans la ceinture.

Ils avaient accepté les Cinq K, non sans discuter entre eux.

« Que pensez-vous de ces Cinq K ? avait demandé Allard à Ventura.

— À Rome, faisons comme les Romains. »

10

Quand ils avaient demandé quatre ans pour former l'armée, il avait dit : « C'est long, mais j'attendrai. »

Ils avaient remercié, il avait repris :

«Vous me demandez d'être sage tout ce temps. Je le serai. À chacun sa vertu. »

Être sage serait s'abstenir de toute expansion.

Il insista :

«Je veux bien, moi, me tenir tranquille, me laissera-t-on seulement l'être ?

— Vous tranquilliserez les agités, Majesté. »

La réponse avait plu.

Les réponses d'Allard déplaisaient rarement. Son influence se fortifiait. Les grands sirdars chefs de province qui tenaient les premiers rangs dans l'ordre militaire s'étaient beaucoup rembrunis à son arrivée, craignant pour leurs prérogatives. Il en gagna beaucoup, un à un, leur démontrant qu'ils n'avaient rien à perdre à la réforme de l'armée, et beaucoup à gagner.

« L'armée sikhe est déjà prépondérante dans l'État, n'est-ce pas ? »

C'était incontestable.

« Ensemble nous allons la faire invincible. L'État le sera aussi et tout le monde y gagnera. »

Ils le crurent.

Étonnante croyance. L'invincibilité n'existe pas. Des guerriers comme ces sirdars le savaient mieux que personne. Or ils crurent Jean-François Allard. Il venait de loin, certes, mais la distance n'y était pour rien. Il pouvait douter de lui-même, mais il était de ces natures qui inspirent confiance et aussi le plus persuasif des hommes. Ce n'était pas dans ses idées mais, s'il l'eût voulu, il aurait pu lui aussi devenir roi.

Avant d'entrer dans l'action, les deux compères réfléchirent longuement au casse-tête de la discipline.

« Commençons par le commencement. On nous demande de former une armée d'Europe. Comment définir en peu de mots une armée d'Europe par rapport à celles d'ailleurs ?

— C'est de l'ordre contre du désordre. Ce n'est pas de moi, dit Ventura.

— Je devine », dit Allard.

Le même souvenir leur inspire un sourire fugitif.

« Il faut donc mettre de l'ordre, reprit Allard. Comment procéder avec nos lascars ? Serons-nous sévères ? Ou bienveillants ? Ou bien sévères et bienveillants. Sévères seulement serait risqué...

— Risqué ?

— Quelques-uns pourraient sortir de leurs gonds. »

Quatre jours plus tôt, à l'entraînement, un escogriffe était sorti du rang, vociférant sur Allard en brandissant son sabre, les yeux injectés de sang. Il en avait assez d'être traité comme une bête et allait se venger.

Ventura s'en approcha : « Tu veux te battre ? » Le forcené s'était rué sur lui. Il lui avait fait sauter son arme des mains, l'avait ramassée lui-même, la lui avait rendue, lui disant « Va te reposer ».

« Je n'ai jamais vu pareille stupeur », dut raconter plusieurs fois plus tard Allard à ses jeunes enfants (il ne les verrait pas grandir), qui lui demanderaient régulièrement : « Papa ! L'histoire du dragon fou... »

L'homme était rentré chez lui devant tous les autres, figés dans ce quinzième ou seizième garde-à-vous qui l'avait fait, lui, sortir de ses gonds. Il était revenu calmé le lendemain.

La fureur de se voir imposer des officiers étrangers ne travaillait pas que la troupe. Des officiers y cédaient, poussant leurs hommes à déserter pour nuire aux Français, prouver leur incapacité à commander des Sikhs.

Une dizaine d'hommes disparurent un jour.

On informa Ranjit en ces termes: «Ils ne supportaient pas d'être commandés par des étrangers.»

Ranjit réagit en personne. Les fomenteurs de désertions, officiers bien notés, furent découverts, cassés, taxés, chassés de l'armée, honte suprême.

Les deux Français ne seraient pas forcément assassinés mais la question se posait. Elle les occupait légitimement, sans tourner à l'obsession; le fatalisme militaire les en préservait: «Si nous devons l'être, nous le serons.»

Ce n'était sans doute pas des régiments qu'ils instruisaient que viendraient, s'il en venait, les assassins.

Les *akalis* étaient les plus à craindre. C'étaient les gardiens de la foi. Fanatiques d'une bravoure démente, ils haïssaient toute tolérance, insultant publiquement Ranjit qui ne pouvait régner que par elle, le trouvant beaucoup trop mou. Grand politique, il les laissait dire, eux seuls.

Ermites itinérants, ils vivaient en petites bandes, de rapines et de menaces. Personne n'osait s'y opposer, ni leur rien refuser. En un temps de guerre permanente, ne rêvant que mort au combat, ils étaient irremplaçables.

Ranjit, les décrivant, avait été précis:

«Ils se déplacent la nuit comme les loups, errant et priant, attendant ardemment la prochaine incursion d'hérétiques ennemis du Guru Nanak pour leur courir sus.»

Au moindre bruit d'incursion hostile, leurs bandes coagulaient. Des milliers de tueurs émaciés et infatigables se rassemblaient des quatre coins du pays, pour marcher à l'ennemi, avides de tuer et de mourir. Ils élisaient leur chef et lui obéissaient *perinde ac cadaver*. Les Afghans les redoutaient comme la peste.

Les étrangers proches de Ranjit les scandalisaient particulièrement. Leur présence était pour eux pourrissement, compromis abominable de la pureté sikhe avec l'infamie du monde.

«Le soir, ne vous déplacez qu'escortés, avait fini Ranjit. Prenez toujours avec vous une dizaine d'hommes sûrs.»

Allard s'était demandé, comme pour lui-même, à voix haute:

«Les plus sûrs le seront-ils toujours?

— On verra bien, dit Ventura. S'ils le sont, on n'en saura rien, car il ne se passera rien. S'ils ne le sont plus, nous n'aurons guère le temps de le savoir.»

Allard et Ventura étaient bien des hommes de l'Empire, *akalis* à leur façon.

11

En fait de discipline, du haut au bas de la hiérarchie, les Sikhs ne cessaient de se taper dessus. Méthode alors universelle hors l'armée française composée de citoyens depuis la Révolution.

Toutes les autres pratiquaient les châtiments corporels. Wellington jugeait ses hommes «la lie de l'espèce humaine». Les officiers prussiens et russes rouaient de coups les «mauvaises têtes», mais n'épargnaient pas les meilleures. Les Sikhs allaient plus loin, ne faisant aucune distinction: tout le monde tapait sur tout le monde. À sens unique toutefois, du haut au bas.

«Pour quel résultat?

— Nul. Nous l'avons bien vu, le défilé de cette chienlit.»

Il fallait supprimer ça.

L'abolition, toute relative, des châtiments corporels ne fut pas facile.

De hauts gradés vinrent se plaindre à Ranjit Singh que l'interdiction des voies de fait ruinait leur autorité. Ils se lamentaient: «On ne pourra bientôt plus se faire obéir du tout.»

Ranjit n'avait jamais tapé personne quand il eût pu facilement assommer tout le monde et se faire encore baiser les pieds, sans provoquer aucun murmure, mais il n'en tira pas argument. Il expliqua posément aux plaignants qu'en France, depuis la Révolution, les soldats étaient citoyens. Brutaliser un citoyen était inconcevable.

L'explication dura longtemps ; la notion de citoyen dépassait l'entendement des plaignants. Mais Ranjit pouvait être la patience en personne.

« La mansuétude ne diminue pas l'efficacité d'une armée. Napoléon a été obéi... Vous le savez bien », acheva-t-il pour les flatter.

Il s'était retenu de dire « toujours obéi », parce que ce n'était pas le cas et que les sirdars les mieux informés des affaires du monde le savaient, ou du moins en avaient entendu parler. Des bribes de rumeurs tristes leur étaient parvenues.

Ils rengainèrent leurs humeurs. Les choses avancèrent. Au bout de six mois, les nouveaux régiments commençaient à pouvoir se risquer sur les champs de manœuvres qu'avaient fait aménager Jean-François et Jean-Baptiste sans devoir craindre le ridicule.

« Comment faites-vous ? s'enquit Ranjit.

— Dites à Sa Majesté », dit Allard à Ventura qu'il jugeait parler mieux que lui.

(Ils se tutoieraient un jour, quand Ranjit Singh les aurait nommés généraux ensemble. En attendant, malgré l'étroitesse de leurs relations et leur véritable amitié, le voussoiement restait de rigueur entre le capitaine et le maréchal des logis. Toutefois, si Allard, l'aîné de loin, appelait Ventura par son prénom, Jean-Baptiste, celui-ci en restait à « Mon capitaine ».)

Ventura parla :

« Il ne s'agit, Majesté, que de transformer les hommes en machines sans endommager leur âme. Cent mille hommes peuvent n'en faire qu'un, soit contraints, soit volontaires. Nous ne voulons pas d'automates comme en Prusse... »

Le roi approuva de la tête.

« Contraints, ils perdent leur âme, leur cohésion est artificielle, le risque de débandade est permanent ; volontaires... je ne sais pas si leur âme s'en accroît, mais tout se passe comme si. Cent mille volontaires sont bien mieux soudés que cent mille brimés. Soucieux de leurs proches autant que d'eux-mêmes, ils ne détalent jamais... en tout cas beaucoup moins.

— C'est l'esprit sikh, dit Ranjit Singh. Vous étiez sikh sans le savoir.»

«Bravo, Jean-Baptiste! dit Jean-François quand ils furent seuls. Il ne pourra plus se passer de nous.»

Ils eurent toute liberté de choisir qui ils voulaient enrôler dans les unités que Ranjit les avait chargés de constituer. Blanc-seing limité par l'obligation de lui présenter un par un tous les volontaires pour son infanterie. Il assurait savoir juger les hommes d'un coup d'œil et se tromper rarement. Comment ne pas le croire?

Ils commencèrent par établir une hiérarchie plus précise que le système féodal d'allégeance qui prévalait jusque-là. Officiers et sous-officiers reçurent de nouveaux noms, français, puisque le nom fait la chose, au prix de déformations phonétiques inédites: commandant devint *kumedan*, sergent, *sarjan*, tambour-major, *tambour mahzor*... Les ordres étaient donnés en français.

Ils distribuèrent des tambours et des trompettes. Les premiers dans l'infanterie, les secondes dans la cavalerie. Innovation capitale, confirmant l'universalité de la nature humaine – les Sikhs réagissant comme des Picards ou des Auvergnats aux roulements et fanfares de ces instruments, électrisés pareillement. Les mêmes sons produisent les mêmes effets du pôle Nord au pôle Sud sur toutes les créatures vivantes. Magnifique unité de l'humanité!

Magie mondiale du tambour qui donne envie de tout casser et partout réveille les morts! Magie de la trompette, qui précipite à l'unisson les chevaux et les hommes vers l'espérance de la gloire! Alliance unique de deux règnes, l'humain et l'animal, réunis dans le mépris de la mort, la sienne comme celle des autres.

Face à l'ennemi, personne ne pourrait plus affirmer

n'avoir rien entendu d'un ordre ou avoir entendu de travers. «Retraite» par exemple quand on aurait battu ou sonné la charge.

Preuve ultime de connivence entre Ranjit et ses conseillers de la Grande Armée disparue, les drapeaux distribués aux nouveaux régiments sikhs furent les mêmes que l'Empereur avait confiés aux siens, à Boulogne, en 1805, devant l'Angleterre transie. Le bleu, le blanc, le rouge disposés de même, coiffés des mêmes aigles qu'il avait choisies. Descendantes directes de l'Empire romain.

Les voisins du Penjab en guerre avec lui durent s'habituer à voir frémir au-dessus des formations sikhes avançant désormais en blocs impeccables, échelonnés en lignes parfaites, les emblèmes mystérieux de la liberté, de l'égalité et de la fraternité. Comme sous l'Empire, confondant paradoxe aux yeux de critiques stupides ou superficiels.

Les drapeaux sikhs furent ceux de l'Empire, seules les en distinguaient leurs devises en persan, brodées d'or.

La plus commune était celle de l'Ordre des Purs, spirituel et militaire, le *Khalsa*, élite des Sikhs, hommes et femmes sans distinction : « Chaudron, sabre, victoire ».

Sabre, victoire, c'était clair, mais pourquoi chaudron ?

C'était le récipient rituel où était versée l'ambroisie qui baptisait les Purs – baptême obligatoire pour entrer dans le *Khalsa*.

Trente ans après Waterloo, après la mort de Ranjit et l'écroulement de son œuvre, les Anglais se frotteraient les yeux voyant marcher contre eux ces avatars des emblèmes qu'ils avaient tant redoutés.

12

Il ne suffit pas de se laisser pousser la barbe et les cheveux, de porter peigne en bois, turban orange, bracelet en fer et poignard courbe – pour résumer, les Cinq K –, il fallut encore se marier. Ranjit fut catégorique :

« Le peuple ne comprendrait pas. Les Sikhs comprennent beaucoup de choses. Ils comprendraient votre célibat pourvu qu'il soit provisoire, que vous ne repoussiez pas l'état matrimonial. Ils approuveraient fortement que vous épousiez des filles du pays avec qui vous auriez des enfants, sans pour autant vous enchaîner. Comprenez-moi bien. Les hommes seuls sont suspects au Penjab. Et dans le reste de l'Inde… Et dans le monde musulman tout entier et presque partout ailleurs… D'après mes informations. »

Ils s'étaient regardés, interdits. Interdits et perplexes.

S'ils n'étaient mariés ni l'un ni l'autre, ce n'était pas par système. Ils n'en avaient pas eu le temps. Le service de Napoléon les avait amenés à repousser toujours cet engagement fatal. L'Empereur valait toutes les femmes du monde.

Après sa chute, ils s'étaient jetés à l'eau, on l'a vu. Le sort en avait décidé autrement.

Ils ne pouvaient pas arriver mariés en Égypte ou en Turquie. En Perse non plus. Des femmes étrangères les auraient distraits des affaires de ces pays auxquelles ils devaient se consacrer tout entiers.

Quand Allard avait laissé Bénédicte à Saint-Tropez, elle lui avait dit : « Jure-moi que tu ne m'oublieras pas. » Il avait juré, honteusement conscient que ce serment ne l'obligerait guère, là-bas en Orient !

Il n'avait même pas menti : Bénédicte était inoubliable. La plus amène, la plus gracieuse, la plus svelte des demoiselles de ce village dont la beauté serait un jour jalousée au bout du monde. Allard le pressentait, elle ne pouvait pas ne pas l'être un jour, elle le serait, éclipserait Séville, Saint-Pétersbourg, Venise réunies. Il était partial.

Il n'avait pas oublié Bénédicte. Ni en Italie, ni en Espagne, ni en France. En France moins qu'ailleurs.

En Italie, d'abord, à Naples exactement, en 1806, où il était entré dans la garde de Murat, au 4e de chevau-légers, constamment cerné par de jeunes Napolitaines qui n'avaient peur de rien.

Ni en Espagne, où il avait passé plusieurs années, blessé trois fois. À l'Alcazar notamment, le 31 janvier 1813, deux coups de sabre lui avaient coûté plus d'un litre de sang. Le chirurgien Rambaud l'avait tiré d'affaire. Trois infirmières, dont deux très jolies, s'étaient succédé à son chevet mais c'étaient des bénédictines, attachées à leurs vœux. L'une des deux était presque le sosie de Bénédicte.

En France non plus. À Bar-sur-Aube, en Champagne, le 24 février 1814, pendant la campagne de France, son cheval, son cher *Castiglione*, avait été tué sous lui. Mémorable effondrement d'une bête qui jamais n'avait failli, mémorable en cela que, sentant sa monture lui manquer, la vision la plus précise qu'il avait eue depuis longtemps de sa fiancée délaissée l'avait traversé – Bénédicte lui était apparue le visage ruisselant de larmes –, coïncidence si troublante qu'elle l'avait affecté plusieurs mois, présage obstiné. Au retour de l'île d'Elbe, il avait rallié tout de suite le Petit Caporal, jusqu'au château et aux jardins des Tuileries qu'il ne connaissait pas et trouva très beaux. Il fut de la fameuse parade du Carrousel, dite de la Résurrection. Résurrection de trois mois.

Comment se serait-il marié ?

Il avait pourtant le mariage dans le sang et là, au Penjab, il était tenté.

L'immense plaine alluviale amoureusement cultivée semée de villes millénaires, souvent construites par Alexandre, verdoyantes, resplendissantes de monuments exubérants, composites d'art grec, hindou, islamique, où les forteresses sont des palais, était un lieu presque idéal pour fonder une famille. Puis le prestige d'un mariage exotique ne serait pas à négliger quand il serait rentré en France.

Il était tenté. Coincé aussi : Ranjit Singh avait parlé. Il n'y avait pas d'échappatoire.

Enfin épouser une Indienne ouvrait des perspectives immenses, transcendantales... C'était contribuer à l'avancement du genre humain tout entier. Dépasser l'endogamie anticipait la fusion de toutes les races qui précéderait le Jugement dernier – s'il y avait un Jugement dernier...

Allard était en avance sur la moyenne du genre humain qui, en son temps, il y a deux siècles, ne voyait midi qu'à sa porte.

« Il serait bon que vous preniez femme », avait dit Ranjit de cette voix douce qui surprenait toujours car elle confinait au chuchotement.

Discrétion inattendue d'un chef de guerre, il est vrai libéré du souci de hausser la voix. Il lui suffisait de monter à cheval, de lever la main pour que ses troupes le suivissent non pas seulement « sans hésitation, ni murmure », non pas seulement aveuglément, mais avec enthousiasme.

Chuchotements, murmures de Ranjit Singh, toujours audibles et distincts comme ceux d'un sociétaire du Français. Bien sûr, il était toujours seul à parler, jamais interrompu, on n'entendait que lui. Il était le maître.

Il avait fini par cet étrange conseil :

« N'ayez pas peur. N'êtes-vous pas des hommes sans peur ? »

Allard avait sursauté.

Il était devant Toulon avec Bonaparte, quand celui-ci, loin de s'être encore distingué des centaines de généraux remarquables de la République, avait baptisé «Batterie des Hommes sans peur» les canons dont la position, très exposée, mais décisive, lui avait permis de rompre le dispositif britannique venu soutenir les aristocrates félons qui prétendaient soustraire à la patrie le grand port de guerre.

Se pouvait-il que Ranjit Singh, empereur des Sikhs, fût à ce point informé de ce détail merveilleux de la carrière naissante de l'Autre, qu'il l'eût cité à dessein, pour piquer au jeu les deux anciens de l'épopée qui empêchait encore l'Europe de dormir, près de dix ans après sa fin ?

Et piquer à quel jeu ? Le mariage !

«“*Il n'est pas bon que l'homme soit seul*”, dit Ventura une fois à cheval pour rentrer à Anarkali, citant la Genèse.

— Nous ne l'avons jamais été, que je sache, dit Allard.

— Il y a toutes sortes de solitudes.

— Autant que d'êtres humains ?

— Beaucoup plus, dit Ventura. La même personne peut en loger plusieurs. Et nous ne savons rien des animaux.

— Peste ! dit Allard.

— Oui, mon capitaine. Vous montez *Obélisque*, moi, *Pyramide*. Nous ne savons rien de ce qu'ils pensent ni de ce qu'ils ressentent.

— Certes, approuva Allard. Il n'y a pas plus énigmatique que le cheval. Enfant, déjà je m'en inquiétais. Pourquoi se laissent-ils monter ? Eux si forts et si rapides. Ils n'auraient même pas besoin de nous casser la tête d'un coup de sabot ; ils courent tellement plus vite que nous, jamais nous ne pourrions les rattraper. L'abbé Borie me disait que c'était la volonté de Dieu qu'ils se laissent faire.

— À Modène, le rabbin me disait la même chose.

— Ce ne peut pas être une coïncidence.

— L'abbé Borie me disait aussi que vous les juifs étiez de formidables raisonneurs…

— Les curés ne sont pas tous indignes. En quel sens employait-il le mot *formidable* ?

— En synonyme de redoutable, je crois. Parfois il disait merveilleux. Vous étiez pour lui des raisonneurs merveilleux. Pour moi, vous l'êtes aussi, Jean-Baptiste.»

Allard savait s'attacher les hommes.

Ventura se racla la gorge et se tut.

En route vers le chantier de leurs pénates – Ranjit leur faisait bâtir à marche forcée un palais énorme pour asseoir leur prestige aux yeux de ses soldats – ils firent un détour par les jardins célèbres de Shalimar, qui embaumaient le jasmin et le frangipanier. Alors qu'ils les traversaient, ils distinguèrent des ombres, à peine plus épaisses que la nuit, qui marchaient à leur rencontre.

Ils étaient seuls, ayant donné congé à leurs ordonnances. L'un d'eux, le préféré d'Allard, se mariait ce jour-là. Il n'avait pas non plus voulu priver de cette fête ses collègues qui étaient tous invités. Ils étaient donc seuls.

Une demi-douzaine de silhouettes efflanquées, souples et rapides, affairées, se pressaient. Vers quel but?

Le seul souhaitable, le paradis. Les gardiens de la foi n'en avaient jamais d'autre. C'étaient des *akalis.*

Ils étaient sur eux. Le premier leva la main. Des lames passées dans les ceintures agrafaient les haillons qui les couvraient bien peu. Toutes ces lames étaient aussi nues qu'ils l'auraient été eux-mêmes si elles n'avaient maintenu leurs loques.

Ils portaient aussi à l'épaule, passés dans une courroie, des anneaux de métal du diamètre d'une assiette, affûtés en rasoirs. Lancés comme des disques à la figure ou à la gorge, ils pouvaient faire des dégâts jusqu'à vingt ou trente mètres. Eux seuls s'en servaient.

Le chef saisit la bride d'Allard et lui demanda très sereinement, mais son regard trouait la nuit, s'il pouvait «dire quelque chose de juste».

«Le mot de passe? dit Allard.

— Si vous voulez.»

Allard eut du génie. Il prononça d'une voix ferme autant que mélodieuse tout ce qu'il avait retenu de l'*Adith Grant*

Sahib, le livre sacré des Sikhs, grâce au merveilleux Baroud Singh Ahluwalia. C'en était l'essentiel :

Le Sans Forme habite au royaume de la vérité.
Il contemple sa création avec un regard empreint de grâce.

L'homme lâcha la bride, hocha la tête, sourit, du sourire de l'ange de Reims, s'inclina respectueusement, et repartit sans un mot avec ses tueurs.

Ils ne faisaient pas plus de bruit que des spectres, et les deux amis se demandèrent s'ils n'avaient pas rêvé.

La nuit ne masquait pas qu'Allard était tout chose.

« Quand nos gardes seront de noces, nous ne sortirons pas le soir... » dit-il, une fois l'émotion passée.

Il reprit : « Si j'avais mal répondu, croyez-vous qu'ils nous eussent égorgés ? »

Ventura se retint de citer Pascal, principal panégyriste du peuple juif : *Je ne crois que les témoins qui...* Égorgés, ils n'auraient été les témoins de rien. « Ils avaient plutôt des têtes à nous prendre nos bourses, répondit-il, lénifiant.

— J'aimerais les voir face aux *ghazis* », reprit Allard.

Les *ghazis*, de l'Hindou Kouch, étaient les plus farouches soldats du Prophète, montagnards durs au mal envers eux-mêmes et le monde entier, d'une férocité surhumaine.

« Les *ghazis* ne leur viennent pas à la cheville.

— Comment le savez-vous ?

— Par Baba Banda Singh Nalwa. »

C'était le commandant de la garde de Ranjit.

« Il est juge et partie.

— Je le crois bon juge quand même. »

13

Une fois dans leur futur palais, dont il était encore impossible, par cette nuit sans lune, vibrante toutefois des chants de centaines de rossignols ivres d'amour, de déterminer s'il était chantier ou ruine, cette question si lancinante du mariage les rattrapa. Ils divergeaient sur un point important : prendre femme, oui, mais combien ?

« Prendre femme ? Soit. Combien ? » commença Ventura.

Ventura rêvait d'un harem, c'était à sa portée.

Son regard brun mélancolique et sa barbe courte et dense intéressaient les jeunes filles, à Lahore et ailleurs. Surtout, la faveur du maharadjah en faisait un personnage qui pouvait ne rien se refuser. Et Ranjit donnait l'exemple, qui avait vingt et une femmes à l'époque de cet entretien. Une vingt-deuxième suivrait, bien plus tard, qui serait la dernière.

La femme chez les Sikhs, on le répète, est l'égale de l'homme, remarquable exception dans un continent où l'homme est un dieu, plus encore qu'en Europe. Elle en supportait bravement toutes les conséquences, jusqu'à commander des armées, à cela près qu'on n'en voyait pas multiplier les maris.

Les épouses d'un prince sikh l'étaient de leur plein gré. Elles pouvaient dire sans scandale à leur père et à leur mère (les femmes combinaient les mariages autant que les maris) : « Cet homme-là ne me plaît pas. » Les parents pouvaient bien y redire : « Mais c'est le prince... » Il n'était pas rare que les filles eussent le dernier mot.

« Je commencerai par une seule, répliqua Allard, en espérant qu'elle me suffira.

— Quelle prétention, mon capitaine ! Être l'homme d'une seule femme !

— Nous en reparlerons. »

L'entretien s'arrêta là. Ils avaient sommeil. Les marteaux des tailleurs de pierre et les criaillements des paons les réveilleraient à l'aube. Il leur faudrait monter à cheval, retrouver leurs énergumènes dans leurs casernes et hurler jusqu'au soir ; leur devoir était de refaire leurs forces. Ventura devança le souhait de son supérieur qui soupirait comme lui après son lit :

« Je m'avoue vaincu, mon capitaine, par le sommeil. L'*akali* m'a peut-être jeté un sort. »

Dix minutes plus tard, ils dormaient, à deux cents mètres l'un de l'autre, dans les immenses chambres inachevées mais bientôt somptueuses de l'imposant édifice qui exaspérait déjà les jalousies de la cour en attendant que son achèvement les porte à l'incandescence.

Ranjit Singh continuera de battre le fer :

« Nous ne manquons pas de belles princesses. »

Allard temporisera encore.

« Certes, vos sujettes sont presque toutes ravissantes, mais je préférerais ne pas me marier avant que Votre Majesté soit satisfaite de mon travail... Il y a encore beaucoup à faire.

— Je le suis déjà de ce que vous avez fait. Je le serai de l'ensemble. Pourquoi attendre ? J'aimerais voir vos enfants, croisements d'une femme sikhe et d'un officier de Napoléon. Imaginez... »

Le résultat de pareille union ne pourrait être que fascinant, reconnaissait Allard. Quelle avancée de l'humanité dans ce métissage !

« Cela dit, je comprends que vous ne vous précipitiez pas. Surtout si vous n'en voulez qu'une. Vous ne pouvez pas vous tromper. »

14

Comment stimuler l'esprit de corps ?

L'esprit de corps ?

Oui, le sentiment d'appartenir à un même ensemble, pour le meilleur et pour le pire, qui multiplie les forces de tous ses membres dans toutes les situations, spécialement les dangereuses, les scabreuses et les aventurées, qui abondent à la guerre.

Trois mois d'exercice intensif avaient inculqué aux recrues des automatismes impeccables. Elles donnaient le spectacle d'une discipline inconnue en Inde.

« Mais… dit Allard.

— Mais vous craignez que la façade l'emporte sur le fond ? dit Ventura.

— Vous me devinez une fois de plus. Le dehors est convenable, le dedans m'inquiète. Le cœur manque. Je ne les sens pas faire bloc. L'esprit de bande domine toujours. »

L'esprit de corps arrangerait tout, comment l'engendrer ?

Heureusement, les souvenirs montèrent à la rescousse.

Un matin, Allard commence : « "*J'ai stimulé toutes les émulations…*" Vous vous souvenez ? »

Ventura enchaîne : « *…récompensé tous les mérites et repoussé les limites de la gloire* ».

Ces mots de l'Empereur un jour seraient gravés aux

Invalides dans le porphyre de son tombeau, sous le dôme d'or qui domine Paris.

« Stimuler, nous le pouvons. Faisons comme lui. »

Ils se rappelaient les compliments qui enflammaient ses régiments : « Le 14e [de ligne] était là. J'étais tranquille. » Ou : « Quand les cuirassiers ont démarré, la victoire les survolait. »

Ils firent pleuvoir sur leurs bataillons les éloges comparatifs, dosés pour les exalter tous et n'en blesser aucun. Organisant des concours d'assaut – qui serait le premier à l'ennemi, sur cent, soixante-dix, cinquante mètres... Des concours de tir, des concours de manœuvres, en colonne, en ligne, oblique, en carré. Tous dotés de prix et périodiques, si bien que les perdants pouvaient toujours se rattraper.

Rapidement s'établit un esprit de compétition qu'il fallut tempérer. Les maladroits qui faisaient perdre des points étaient brimés dans leurs unités. Cela devait cesser.

« Nous pourrions peut-être tirer parti de l'altruisme sikh ? dit Allard.

— L'altruisme sikh ?

— Rappelez-vous Baroud.

— Je m'en souviens très bien, mais je ne vois pas...

— Ne nous a-t-il pas dit que l'altruisme était le fondement du sikhisme ?

— J'avais oublié.

— Nous pourrions insister là-dessus.

— Sur l'altruisme ?

— Sur l'altruisme. Nos gaillards y seraient peut-être sensibles.

— Sensibles à quoi précisément ?

— À la notion de protection mutuelle. Protéger ses camarades compte autant que détruire l'ennemi. En les protégeant on le détruit, par la force des choses. Comment ne combattre que pour soi ? L'esprit de corps en serait fortifié. »

Ranjit approuva l'idée. De saints maîtres acceptèrent d'instruire le soldat des bienfaits de l'entraide au combat, qui multiplie la valeur, réduit les pertes, et surtout est agréable à Dieu.

Les saints maîtres furent écoutés. Les progrès furent rapides. Ranjit avait toujours aimé les revues. Enchanté, il en accéléra le rythme, ne pouvant se rassasier du spectacle de son armée. L'outil devenait redoutable.

Ne restait qu'à s'en servir, sinon... il péricliterait.

Restait un problème essentiel : le Sikh n'attaque jamais personne, sa religion le lui défend, il ne doit que se défendre.

S'il advenait qu'en se défendant on en vînt, par nécessité, à occuper quelque pays, offenserait-on Guru Nanak ?

Depuis l'avènement de Ranjit c'était arrivé plusieurs fois. La protection des Sikhs opprimés de l'étranger avait justifié ces avancées, mais il ne restait plus guère de Sikhs opprimés nulle part : ils avaient presque tous été incorporés dans l'empire. La nouvelle puissance de l'armée laissait présager des débordements dont le caractère strictement défensif serait douteux.

Il fallut consulter les sages.

Ranjit leur proposa de déclarer « conservatoires » de la nation les mouvements éventuels au-delà des frontières.

Les sages demandèrent réflexion.

Ils prononceraient leur verdict le 31 mai 1823, annoncèrent-ils après consultation des astrologues. Ils diraient si l'expansion « conservatoire », nécessaire pour « conserver » une armée, qui elle-même était chargée de « conserver » l'État, n'offenserait pas le *Khalsa*.

31 mai. Devant le fort de Lahore aux grosses tours historiées, immense afflux multicolore de turbans orange immaculés, coiffant de splendides vieillards au regard d'aigle et de superbes guerriers qui n'avaient jamais plié devant personne sans avoir jamais insulté quiconque.

Des centaines d'éléphants, en grande tenue chamarrée pour la parade qui suivrait, barrissaient de joie dans leurs écuries de marbre monumentales et flambant neuves. Les anciennes, imposantes aussi, avaient été affectées à la cavalerie. Y piaffaient et hennissaient des centaines de chevaux sculpturaux, plus beaux encore que *Bucéphale* ou les chevaux de Marly, harnachés d'or et d'argent – Ranjit Singh était fou de chevaux –, drapés de mousselines chatoyantes.

D'autres bâtiments, qui n'étaient pas sans rappeler les écuries des princes de Condé à Chantilly, abritaient un millier de chameaux qui blatéraient d'enthousiasme, impatients de porter les canons qui leur étaient confiés – pivotants et légers, de petit calibre, pour ne pas les accabler. Ils semblaient avoir pressenti qu'Allard avait persuadé le roi de renforcer son artillerie de campagne – comme avait fait Napoléon –, se reposant davantage sur eux, braves chameaux, mobiles et durs à la peine, et laissant dans ses forteresses son artillerie lourde, dont le transport ralentissait toutes les marches et coûtait des fortunes.

Ranjit était assis sur le trône d'or massif, « à la crapaude », œuvre d'un orfèvre musulman (ce choix d'un musulman avait consterné de nombreux Sikhs et tous les Hindous), les pieds posés sur un tabouret bas, en or aussi, recouvert d'une soie brochée écarlate.

« Mes parents fabriquent encore la même à Modène », dit Jean-Baptiste à Jean-François, le poussant du coude.

Deux gros diamants bleutés boutonnaient ses pantoufles en lamé d'argent. Le diamant Koh-i-Noor, le plus beau et le plus gros du monde, cadeau de Shah Shuja ul-Mulk, roi détrôné d'Afghanistan, qu'il avait princièrement accueilli jadis après son expulsion de Kandahar et de Kaboul, jetait des éclairs à la base de l'aigrette de son turban jaune.

Ces pierres éblouissaient si bien les dignitaires alignés devant lui, assis sur des tapis somptueux dans leurs robes de cérémonie qu'il leur était impossible de regarder leur maître en face. Les fulgurances du seul Koh-i-Noor illustraient la puissance d'un pouvoir total. Total et bienveillant.

Les sages déclarent agréable à Dieu la culture de l'amitié dans l'armée. Elle augmenterait la gloire du sikhisme, dont il ne fallait pas craindre de reculer – dans la justice – les limites puisque son but ultime était de se confondre avec la gloire même du *Khalsa*. Si des conquêtes se faisaient, de précaution et non de convoitise, Il n'en serait pas fâché.

La Providence voulut que cette approbation coïncidât avec une poussée afghane considérable pour reprendre Peshawar.

L'armée nouvelle de Ranjit allait pouvoir faire ses preuves.

15

Peshawar l'immémoriale, carrefour éternel de l'Asie, trois fois sainte, sanctuaire des hindouistes, des bouddhistes, des musulmans. Intrinsèquement stratégique, énorme et magnifique, resplendissante et rayonnante.

Millénaire au moins trois fois. Bien antérieure à Alexandre, elle avait vu défiler des rois grecs issus de son armée, dont le célèbre Eucratidès qui avait régné de 170 à 159, des rois indo-grecs, des rois parthes – dont les archers tiraient la flèche si redoutée des Romains – et indo-parthes, dont l'inimitable Gondopharès…

Bouddhiste au IIe siècle, Peshawar était passée à l'islam en l'an mille, trois siècles après l'Espagne, avec le sultan Mahmoud.

Les rois afghans de la tribu Durrani en avaient fait leur capitale d'hiver, Kaboul demeurant capitale d'été. Ils résidaient au Bala Hissar, forteresse gigantesque, qui dominait des jardins comparables au Shalimar de Lahore; on prétendait que ses fondations cyclopéennes avaient été posées par des géants, cousins des Titans de l'Hellade.

La bataille de Naushera contre les Afghans sur la rive gauche de l'Indus permit à Ranjit Singh de se l'approprier pour de bon.

Tandis qu'un gros renfort descendu de Kaboul piétinait dans la boue sur la rive droite du fleuve, paralysée par les troupes sikhes qui lui barraient le passage, Ranjit Sing s'occupait sur la rive gauche du corps principal afghan, composé de Barakzaï, et le mettait en déroute.

Allard en tira une gloire particulière.

À la tête des dragons qu'il venait de former, dont il avait choisi tous les hommes, il avait donné au roi un spectacle saisissant. Les poètes sikhs le chanteraient longtemps après sa mort.

Commandé du haut de *Marengo*, son éléphant personnel, son régiment, disposé sur dix rangs de cinquante sabres, avait balayé l'aile gauche afghane en dix minutes, après une approche amphibie, la fonte des neiges himalayennes ayant gonflé l'Indus hors de son lit.

Les chevaux, dans l'eau jusqu'au poitrail, ravis de ce rafraîchissement, avaient gardé sur deux mille mètres un ordre de parade. Cette approche seule eût enchanté Murat, qui à cheval était un dieu.

La cohésion des escadrons décrivant un immense demi-cercle, soleil dans le dos, au petit trot, dans le puissant clapotement de deux mille sabots et le scintillement des harnachements dorés sur les tuniques rouges, relevait du rêve.

Ils retrouvent la terre nue, sable humide idéal, à cent mètres de l'ennemi frappé de stupeur.

Allard lève le bras. Cinq cents lames saluent le ciel dans un grand froissement d'acier. Les trompettes sonnent.

Comme Murat l'avait mis à la mode aux grandes heures d'autrefois, Allard tenait une badine de jonc, laissant au fourreau le sabre niellé d'or, cadeau de Ranjit Singh, qui eût coupé un cheveu en deux dans le sens de la longueur : juché sur *Marengo* à trois mètres du sol, il n'aurait pu en tirer parti, et puis il a horreur du sang.

« Chargez », dit-il, en français, sans hausser le ton, comme indifférent, comme s'il pensait à autre chose, rapportèrent ses voisins. Le silence était tel que cette discrétion n'empêcha point le commandement d'atteindre les derniers rangs.

Marengo s'ébranle, montagne mobile, la trompe levée, l'Indus ruisselant dans les plis de sa peau grise qui scintillent au soleil. Ses défenses incrustées d'or sont d'une taille anormale pour un éléphant d'Asie. Ses colossaux cousins d'Afrique n'en portent pas de plus belles.

Allard se souvient d'Hannibal.

Deux mille sabots frappent ensemble le sable tassé dans un tapage assourdi, cotonneux presque, battements sur du linge mouillé de lavandières lointaines.

« Pas de cris, a-t-il ordonné. Tout braillard sera puni. » Devant cette ordonnance, les Afghans prennent la fuite.

Les *akalis* les attendaient, postés dans leur dos.

Le carnage fut complet de part et d'autre. Les Afghans devaient passer ou mourir. Raisonnables, ils s'acharnèrent, sans mourir moins, mais ne mourant pas seuls. Les *akalis* n'attendaient que ça. Aucun Afghan ne passa.

Quant aux *akalis*, la moitié périt avec leur chef le plus fameux, Phula Singh Nihang, retrouvé taillé en pièces, entouré de cadavres ennemis. Plus grandes les pertes, plus grand l'honneur quand on est vainqueur.

On empila des milliers de corps sur les bûchers réglementaires. La fumée de leur combustion monta si haut dans l'atmosphère que le soleil poussa jusqu'au soir leur ombre jusqu'à la Perse avant de la laisser à la nuit.

Les renforts qui n'avaient pu traverser l'Indus disparurent dans leurs montagnes.

Il n'y avait plus rien entre Ranjit et Peshawar. Il y entra par la porte de Delhi, acclamé par les habitants que les hommes de Kaboul excédaient depuis longtemps.

« Les trompettes ? dit-il.

— Oui, Majesté ?

— Combien en aviez-vous ?

— Vingt, Majesté. Un trompette par peloton, pour cinq escadrons. »

Le maharadjah hocha la tête.

« Je comprends... dit-il, je comprends que les remparts de Jéricho se soient effondrés devant Josué. »

Allard s'étonnant courtoisement que Ranjit connût ce détail, « Ce n'est pas un détail, dit Ranjit. Cela change tout. Vous a-t-il été difficile d'instruire mes hommes ?

— Il a fallu répéter souvent, mais ils se sont pris au jeu. Les chevaux aussi. La trompette, il faut le dire, est un instrument très séduisant, enjoué, enjôleur, qui met tout le monde de bonne humeur. Il n'y en a pas d'aussi allègre. C'est le miracle du cuivre. »

Ranjit sourit.

Ranjit souvent s'esclaffait mais souriait si rarement qu'Allard ne l'avait jamais vu faire. Le Lion du Penjab – en ce temps-là, les lions là-bas voisinaient encore avec les tigres – partageait ses expressions entre sévérité sereine et grands esclaffements. La première concernait ses activités ordinaires de monarque conquérant. Les seconds retentissaient dans ses moments de détente au milieu de ses familiers, les grands buveurs fornicateurs qui scandalisaient les corrects (en apparence) Anglais de la Compagnie. Ses banquets dans ses palais auraient ahuri les plus dissipés des empereurs romains.

Ce sourire était d'un enfant.

Allard ne le reverrait qu'une fois, des années plus tard, Ranjit n'était plus loin de mourir et lui-même le devancerait. Il n'apparaîtrait qu'à l'instant où son premier médecin, un Allemand de Kronstadt, le préviendrait, obéissant à son ordre exprès, qu'il n'en avait plus pour longtemps ici-bas. « Combien longtemps ?

— Quelques jours, Majesté.

— Comme vous vous trompez toujours, je ne suis pas plus avancé. » (Il durera six mois.) Et le sourire suivrait, laissant croire que le malade de son lit de parade avait aperçu quelque chose, une chose indescriptible sans doute, mais cependant suffisamment claire pour que le voyageur en partance pût en éprouver un sentiment de satisfaction contagieux, communiquant au spectateur un réconfort surnaturel.

Ou la plus grande méfiance.

16

La victoire était brillante. Elle n'était pas la première et pas plus que les précédentes ne réglerait la question afghane qui dépassait l'Afghanistan puisqu'elle était religieuse.

Elle se posait depuis les commencements du monde, après que les surgissements de l'Himalaya et de l'Hindou Kouch eurent formé entre eux l'immense entonnoir qui finissait en défilé et qu'on appellerait «la passe de Khyber».

Entrée unique de l'Inde entière pour qui venait du nord. Passage obligé d'une immensité austère à une immensité tropicale.

Depuis toujours, un tropisme invincible, et bien compréhensible, poussait vers le sud les populations de l'Asie centrale. De l'austérité vers l'abondance. Des steppes splendides mais nues vers les luxuriances légendaires du cap colossal qui sépare du golfe d'Oman celui du Bengale.

D'un côté, déserts, glacials et torrides ; pâturages illimités mais précaires ; oasis, infimes taches vertes pour rêver de forêts ; austérité d'un vide grandiose. De l'autre, une alliance tropicale de soleil et d'eau, des plaines fertiles, des forêts insondables, des richesses prodigieuses.

Entre les deux, un ruban de montagnes énormes impraticables à une armée, bien plus hautes que le Grand-Saint-Bernard – à décourager Bonaparte. Deux massifs en contemplation mutuelle depuis le quaternaire – combien de millions d'années ?

La passe de Khyber, dont les escarpements désolés sont peuplés jour et nuit de guetteurs, les sépare depuis au moins sept mille ans, depuis les débuts de la civilisation de l'Indus. Guetteurs guettant on ne sait quoi mais rien que de sinistre.

L'alternance des troupes qui l'empruntent est très inégale. Il en descend bien plus souvent vers le sud qu'il n'en monte vers le nord. Les séductions de l'Afghanistan ne peuvent pas rivaliser avec les charmes de l'Inde dont rêve depuis toujours le reste de l'Asie, nostalgies confuses de souvenirs rêvés et espérances de profit très matérielles.

À partir de l'an mille, les musulmans venus du nord se répandent dans la moitié nord de cette Inde fatale, comme on dit de ces femmes à qui rien ne résiste. Un instant, Akbar le Grand l'occupe tout entière.

Les colonnes qui s'engageaient dans la passe que défendait un fort dix fois démantelé depuis Alexandre, et peut-être l'avait-il été dix fois aussi auparavant, arrivaient devant Peshawar dont la prise s'imposait : qui dépassait sans l'avoir conquise cette ville formidable s'exposait au même péril que l'arrière-garde de Charlemagne dans *La Chanson de Roland.*

Dans son enceinte, elle-même fameuse, avec ses douze énormes portes, Peshawar la Fascinante renfermait des trésors célèbres jusqu'à Moscou et Pékin, veillés par une garnison proportionnée à leur valeur, d'autant plus désirables qu'apparemment inaccessibles. *Le désir s'accroît quand l'effet se recule.*

Entré sans difficulté dans Peshawar, la porte de Delhi lui ayant été ouverte par ses partisans, Ranjit Singh avait décidé de s'en tenir là. Au-delà il n'y avait rien de considérable à ses yeux jusqu'au Cercle polaire. Ses généraux le pressaient bien de continuer jusqu'à Kaboul. Il n'en voyait pas l'intérêt. Kaboul et sa province étaient bien misérables comparées au Penjab. L'Afghanistan n'était que dépenses et fatigues. Les Afghans en étaient la preuve, pressés qu'ils étaient d'en sortir.

Inévitable acharnement. Comment ces guerriers pouvaient-ils se contenter d'abricots et de pavots, uniques attraits de leur pays ?

Le pavot ouvre des paradis et l'abricot est un délice. Mais on redescend de ces paradis et, si les couleurs et les rondeurs de l'abricot mûr font oublier beaucoup de soucis, évoquant d'autres voluptés que celles qu'il promet – promet et tient toujours quand il fond dans la bouche –, une fois mangé, il n'en reste rien. Et ce rien si complet après un bonheur si plein éveille le besoin d'en goûter d'autres, différents mais plus durables et surtout violents.

Rien ne peut mieux les procurer qu'une métropole commerçante enrichie par des siècles de trafic, embellie sans relâche par des théories de seigneurs disparates, avides d'ostentations impériales ou royales pour assurer leur prestige et renforcer l'intérêt des marchands.

Donc, à la fin de la saison des fruits, des bandes avides de guerriers rêveurs se rassemblaient au pied des arbres qu'ils avaient dépouillés mais dont les feuilles encore vertes les protégeaient d'un soleil lassant. Assis en cercle, ils se répétaient les récits mirifiques des exploits de leurs pères, élisaient des délégués qui pressaient les chefs de leurs tribus de dissiper leur ennui, faute de quoi... Faute de quoi ils ne répondraient de rien, autrement dit n'en feraient qu'à leur tête, déjà très près du bonnet.

Un divertissement s'imposait, à portée de main : au-delà des montagnes du Sud, des masses d'infidèles, dont le grouillement impie insultait le Prophète, restaient à convertir. Que redire à cela ?

Les chefs déclaraient le *djihad*. Dans quel but ? « Complaire à Dieu ! » C'était la clameur rituelle. Mais encore ? Après avoir converti, s'enrichir n'était pas interdit.

Le *djihad* déclaré, il fallait préciser son but. Où aller, exactement ? On questionnait les volontaires, espérant l'unanimité si agréable à Dieu. Les villes primaient, bien sûr.

Les plus proches et les plus riches étaient visées d'abord. Mais l'enthousiasme djihadiste allait bien plus loin. Il visait l'Inde entière. Si Akbar et Mahmoud de Ghazni l'avaient conquise, pourquoi ne pas la reconquérir ?

Les résultats des consultations lancées par les émirs étaient éloquents.

« Où voulez-vous aller ? »

Des clameurs ébranlaient le ciel : « Lahore ! », « Delhi ! », « Hyderabad ! », « Calcutta ! »... Mais c'était le nom de Peshawar qui était le plus souvent proclamé.

Le nom de Calcutta était lancé par les plus farouches, comme siège du pouvoir anglais, le mieux haï de tous les pouvoirs qu'ils se proposaient d'abolir. Le mieux haï parce que le plus fort, le plus sournois, le plus menteur et implacable, le plus vicieux à leurs yeux. Le plus neuf aussi. Le plus redouté. Appuyé sur des inventions diaboliques dont, s'il n'était pas permis de se demander pourquoi le Seigneur leur en accordait la disposition, il n'était pas interdit de le regretter et de s'interroger.

Pourquoi Allah laissait-il ces démons inventer ces armes perfectionnées si dangereuses à affronter ?

« Parce qu'il y a d'autant plus de gloire à les affronter », répondaient les ayatollahs, les imams, les mollahs et les oulémas. Réponse superbe et galvanisante. Restait quand même à s'interroger. Et d'abord à s'interroger sur soi.

Si les odieux *kafirs* étaient favorisés à ce point, n'était-ce pas pour le châtiment de croyants trop tièdes ? Châtiment mais prélude au triomphe final, car il faut être purifié pour mériter de triompher.

D'où venait que les canons et fusils des *kafirs* tiraient plus loin, plus vite et plus juste que leurs obus étaient plus puissants, et leurs vaisseaux insubmersibles ? Surtout, que leurs troupes manœuvraient mieux ? Satan était derrière tout cela.

La bravoure était punie, écrasée partout. Les Ottomans perdaient pied depuis plus de cent ans. Les Russes avançaient au Caucase, les Anglais ici, à côté !

Passé Khyber, ils étaient là. Encore discrets, mais bien là.

Ranjit faisait le fier, l'indépendant... Quel hypocrite ! En 1809, il avait signé un traité avec leur maudite Compagnie des Indes ! Ce traité lui barrait l'Est où était la Compagnie. Il était déjà dans sa main.

Que faire ? Imiter les *kafirs* ? S'armer comme eux ? On le faisait à Istanbul, au Caire, à Ispahan. Sans pour l'instant de résultats décisifs. Il y avait autre chose... Quelque chose d'indicible et même d'impensable. Quelque chose d'inavouable si l'on eût osé le penser.

Mais Allah était là, la victoire viendrait quand Il le voudrait. Il fallait prier. Attendre de sa bonté l'inévitable triomphe final.

« Que Dieu veuille vos désirs ! » proclamaient les chefs avec les saints qui les entouraient.

Sur-le-champ, une énième armée s'ébranlait vers Khyber pour aller à Peshawar. Revenait bredouille et diminuée, faute de canons dignes de ce nom, capables d'en crever les murs.

Les Afghans ne disposaient que d'une artillerie rudimentaire, agrégat d'engins souvent centenaires, fondus pour les meilleurs à Constantinople, par des renégats chrétiens que les sultans avaient couverts d'or.

Beaucoup avaient donné de la voix jadis à la proue des galères du Grand Seigneur contre celles de Malte ou de Venise en Méditerranée, celles du moins qui n'avaient pas été coulées bas par les mécréants de la Croix... Excellentes pièces certes, mais si légères... De calibres mieux adaptés à tuer les mouches qu'à battre des murailles sérieuses. Leurs boulets étaient gros comme des mandarines. Si, de loin en loin, il leur arrivait de trouer une coque catholique, ou de dépêcher dans les flots d'où Vénus était sortie trois ou quatre de ces cadets de Provence qui peuplaient les escadrilles des Hospitaliers de Saint-Jean, ils ne pouvaient espérer mieux.

Bref, cette artillerie de poupée ne pouvait rien devant Peshawar, dont les remparts énormes enfermaient l'objet de la convoitise de toute l'Asie, Japon compris. Oui, le Japon, si bien coupé du monde à l'époque, que de bons esprits n'étaient pas sûrs que cet archipel ne fût pas un songe.

Les Afghans ne se tiennent jamais pour battus. Alors les canonniers poussaient leurs batteries inutiles le plus près possible des murs, accablant leurs bœufs d'injures et de coups pour s'assurer que leurs ineptes projectiles voleraient au moins jusqu'aux falaises de blocs taillés qui les narguaient. Ineptes – ne parvenant même pas toujours à les toucher. On les voyait souvent tomber loin des murailles, mollement, sans même soulever de poussière. À la honte des servants et surtout des chefs de pièce à qui leurs émirs n'hésitaient jamais à faire couper la tête bien qu'ils se défendissent en affirmant à juste titre que la poudre était mauvaise.

Les artilleurs du Prophète se sacrifiaient sans autre espoir que d'aller au paradis. Héroïques, ils poussaient leurs tubes jusqu'à des distances suicidaires. Suicidaires en cela que les archers et fusiliers du haut de leurs remparts pouvaient, tranquilles, les regardant faire, les abattre comme des quilles. Ils ne se le permettaient jamais, c'eût été déshonorant. Mais cette retenue était aussi perverse que noble : elle ne visait qu'à inspirer à l'agresseur une défiance radicale de soi. « Qui sommes-nous pour qu'on dédaigne de nous ajuster ? »

Peshawar hors de portée, restaient les campagnes, les plantureuses campagnes du Pays des Cinq Rivières.

On levait le siège, on se répandait dans le pays ouvert pour y rafler le disponible, souvent chèrement défendu par des paysans qui tous étaient autant soldats que paysans, souvent davantage. On raflait quelques chameaux, vidait quelques silos, avec des pertes que ce butin ne valait pas.

Les *mouzis* battaient en retraite, froidement observés par les victimes de l'invasion. Victimes victorieuses en quelque sorte, satisfaites mais sans excès car elles savaient que les Pachtouns et les autres reviendraient. L'année prochaine ou la suivante, toujours regrettant la rive gauche de l'Indus et bientôt sa rive droite.

D'où l'air blasé des Sikhs quand s'évanouissait une menace chaque fois inférieure à ses prétentions, incapable de dépasser le stade théâtral, mais incapable aussi de répit.

Ces flux et reflux avaient rythmé les siècles, quand apparut chez les Durrani, tribu pachtoune majeure, un brouilleur de cartes qui avala Peshawar, tout le Penjab et s'empara de Delhi, dernière capitale des Moghols décadents. Pour prouver aux fidèles du Guru Nanak que jamais rien n'est acquis.

Il s'appelait Ahmed Shah. Envahissant le Penjab pour la sixième fois en 1762, il poussait jusqu'à Amritsar, y massacrait les milliers de Sikhs réfugiés dans leur ville sainte – surtout femmes et enfants, les hommes, vieux compris, étaient déjà tombés – et détruisait le Temple d'Or. Ce fut le Grand Massacre. Ahmed Shah Durrani, la Perle des Perles, poète autant que massacreur, mourut à Kandahar en 1772.

Ranjit Singh avec ses Sikhs le remplace aujourd'hui sans massacrer personne.

Ranjit entre donc à Peshawar le 1er mai 1823 par la porte de Delhi. Allard à sa droite, Ventura à sa gauche. Il visite la ville en détail, souvent acclamé, sans plus. La ville s'était ouverte mais les Afghans sont toujours là et les Sikhs n'y sont qu'une poignée.

Il laisse en place les autorités pachtounes, ne leur impose qu'un tribut léger, quasi symbolique ; or, châles, chameaux. Un peu d'or, quelques châles, un peu plus de chameaux. Vainqueur magnanime dont la clémence est brocardée par tous les excités de son camp, *akalis* en tête, il nomme un gouverneur musulman nommé Yar Mohammed.

Ce n'est pas faiblesse, c'est sagesse.

Il ordonne parallèlement la destruction du Bala Hissar, la citadelle géante, symbole séculaire du pouvoir islamique. Puis il s'en retourne à Lahore.

L'étonnement est général. Il n'a même pas laissé de

garnison derrière lui. Comment comprendre la prudence de cette abstention?

«Je ne veux pas me disperser, dit-il à ses "Français". Les quatre ans que vous m'avez demandés pour construire l'armée ne sont pas écoulés. Il vous en reste deux. Je verrai dans deux ans si nous sommes assez forts pour achever le travail. J'ai bon espoir.»

Et la réforme de l'armée fut poursuivie. Les tours de la ville étaient encore visibles, qu'on rentrait dans le vif du sujet:

«Le spectacle de votre cavalerie à Naushera m'a fait douter.

— Douter, Majesté?

— Douter s'il ne faudrait pas réviser l'importance de l'infanterie. La diminuer en un mot. Vu ce que vous obtenez des chevaux.»

Le compliment était énorme. Allard le reçut de plein fouet et en demeura muet.

«Vous ne dites rien? reprit Ranjit.

— Il y a des hommes sur les chevaux», parvint à prononcer Allard.

Ranjit éclata de rire, son grand rire de bamboche, alors qu'il ne riait jamais en fonctions. Son escorte entière frémit.

Elle était d'une centaine d'hommes, vêtus comme pour un bal. Aigrettes, plumes de héron, broderies, passementeries d'or, bijoux – les sabres en faisaient partie, gardes et fourreaux incrustés de pierres précieuses et les lames d'inscriptions sacrées. Les sabres d'honneur distribués naguère par l'Empereur et qui étaient ornés à souhait et jalousés dans toute l'Europe pour leur élégance, auraient semblé rustiques en comparaison.

Beaucoup de badauds afghans dépassés par cet escadron grinçaient des dents devant son faste. Quand l'heure viendrait-elle de la reconquête?

Les sirdars de l'escorte, autant grands seigneurs que tueurs accomplis, s'inquiétèrent du rire de leur roi, nouvelle marque de faveur, nouvelle et exceptionnelle, au Français Allard.

« Je n'oubliais pas les cavaliers, mais démontés, ils ne sont rien. Sauf peut-être vos dragons, formés pour se battre à pied, mais je n'en suis pas convaincu. »

Cette réserve rasséréna les barons les plus proches.

Ranjit se tut. Pour parler, il fallait attendre qu'il vous adressât la parole.

Un temps passa, dans un crépitement de sabots sur le sol ici empierré de la Grande Route continentale reliant Calcutta à Kaboul. Trois mille kilomètres ombragés par deux rangées de manguiers, encombrés d'un trafic continu, artère commerciale vitale pour la prospérité de l'Inde, et aussi de l'Asie centrale, mais, dès avant Khyber, les cantonniers se relâchaient, les manguiers disparaissaient et les nids-de-poule se multipliaient. Au-delà de Khyber, prévalait la grâce de Dieu.

Cette artère essentielle datait de l'empereur Ashoka.

C'était là, chevauchant nonchalamment sous les mangues qui mûrissaient lentement de l'or au vieux rose, que Ranjit avait parlé mariage pour la première fois.

« Vous avez encore deux ans. Comme les choses sont en bonne voie, vous pourriez trouver le temps de penser mariage… Qu'en pensez-vous ?

— Certainement, Majesté, dit Allard.

— Certainement quoi ?

— Nous y penserons. Nous y pensons déjà, n'est-ce pas, Jean-Baptiste ?

— Nous en parlions hier encore, confirma Ventura.

— Que disiez-vous ?

— Que l'inexorable approchait, Majesté, dit Ventura.

— L'*inexorable* ?

— En France, une chanson célèbre commence par ces mots : *Ah, c'en est fait, je me marie !* L'Empereur la chantait souvent dans sa jeunesse, quand il n'était que Premier Consul et qu'il était de bonne humeur… »

Ranjit demanda le sens de l'expression « c'en est fait ».

« Le sens en est "les dés sont jetés", Majesté.

— On ne peut plus revenir en arrière ?

— Exactement, Majesté. En fait de mariage, on le peut, le divorce est établi, grâce à l'Empereur encore une fois. On le peut formellement. Dans le for intérieur, c'est une autre affaire : comment oublier ?

— Le grand homme... soupira Ranjit, ignorant la réserve. En Inde, c'est différent, les hommes sont plus libres, malgré le divorce. Vous ne serez pas condamnés à une seule femme... *Condamné* est-il bien le mot ?

— C'est le mot, Majesté.

— Ici, chez moi, vous êtes chez vous. Vous pourriez prendre plusieurs épouses. Je pourrais vous en désigner autant que vous voudriez. »

Ventura s'illumina.

« Je veux que mes officiers soient heureux. Le bonheur attire le succès.

— Napoléon pensait comme vous, Majesté. Avant toute nomination, il demandait de l'homme proposé : "A-t-il de la chance ?"

— Je vous remercie de me l'apprendre, dit Ranjit.

« Mais peut-être, reprit-il, sauriez-vous me chanter cette chanson ? Vous la savez, au moins ? »

Ils la savaient.

Allard était baryton, Ventura ténor. Ils n'avaient jamais chanté ensemble. Mais là, miraculeusement, leur duo spontané fit monter au ciel pur les notes allègres de l'air qui avait fait oublier la Terreur aux Incroyables et aux Merveilleuses et annoncé le retour de l'insouciance et des plaisirs.

Dans les rizières verdoyantes à perte de vue, les jeunes paysannes, penchées dans l'eau jusqu'aux genoux sur les plants fraîchement repiqués, se redressaient du plus loin qu'elles entendaient la mélodie inconnue et restaient immobiles, saisies par son ironie et sa tendresse. Surprise absolue, prodige fragile et fugitif dont le passage les laissait rêveuses, envahies de brèves et modestes espérances.

Elles n'entendaient que la chanson ; leur échappaient dans le cortège les grincements de dents et critiques des sirdars jaloux qui en auraient peut-être goûté le charme si elle n'avait été chantée par ces imposteurs français qui envoûtaient leur prince et dont ils rêvaient, sinon la perte définitive, au moins l'éloignement.

Ranjit ne les entendait pas non plus. Ces jalousies qu'il connaissait ne le troublaient pas. Il n'en avait rien à craindre. Devant lui les jaloux ne se souciaient que de lui plaire, tous lui devant leurs grandeurs.

Chevauchant à la tête de ce cortège d'inimitiés, il était heureux, n'ayant d'yeux que pour les jeunes femmes qui se relevaient à son approche pour de grandes révérences, qui eussent peut-être été prosternations si l'eau de ces rizières leur montant aux genoux ne les empêchait de se courber assez bas. Régner sur d'aussi avenantes créatures était un bonheur suprême.

Ranjit Singh aimait les femmes comme tous les vrais amateurs d'hommes. Les vingt et une qu'il avait déjà le contentaient sans le rassasier. Des concubines se chargeaient du reste et des prostituées du surplus d'une libido exubérante, accordée à ce qu'il faut bien appeler son génie. À sa mort on mesurerait qu'il ne déplaisait à aucune. Aucune n'était obligée à se faire brûler pour le suivre – les Sikhs avaient dépassé ce rite affreux de la *sati* – mais six d'entre elles montèrent au bûcher pour ne pas lui survivre.

« À propos de mariage, dit-il à ses deux protégés, il n'est pas une de ces filles qui ne puisse faire une bonne épouse, regardez comme elles travaillent bien. Elles travaillent mieux que beaucoup d'hommes. Elles nous sont le plus souvent supérieures. »

Ventura pourtant subtil n'en croyait pas ses oreilles. L'égalité des hommes et femmes régnait peut-être en pays sikh, mais pour lui cette royauté ne pouvait être que formelle. Une espèce de clause de style. Un hommage éthéré. Les différences étaient sans remède. Il ne put se retenir :

« Supérieures ? Je ne les croyais qu'égales, Majesté ?

— Elles sont égales idéalement. Dans les faits, elles me semblent très supérieures. Vous ne pensez pas ? »

Que dire ?

« Je n'y ai jamais pensé, Majesté. »

Un peu plus tard, ayant pris un peu d'avance, il se pencha vers Allard :

« Nous reparlerons de cette égalité quand il y aura des harems d'hommes.

— Comment savoir s'il n'y en a pas ? répondit Allard. Je crois les Sikhs capables de tout. Si la chose vous tarabuste, interrogeons Ranjit. Il n'est pas bégueule du tout, me disiez-vous l'autre jour encore.

— Soit », dit Ventura.

Ils revinrent à ses côtés.

Ranjit s'esclaffa et trancha que les femmes n'avaient pas besoin de cela, ajoutant du mystère à une inconnue. Il était maître aussi en ambiguïté.

17

Après Naushera et l'entrée à Peshawar qu'il avait refusé d'annexer, la renommée de Ranjit atteignit son zénith. Elle n'en descendrait pas, malgré son déclin personnel. La vieillesse ennemie qui dépouille les meilleurs de tout leur prestige.

Ses « Français » sont toujours plus en vue. La victoire sur l'Indus les a rendus intouchables. Les jaloux ont mis la sourdine.

Ils rentrent un soir botte à botte de Lahore à Anarkali, suivis d'un peloton de leurs dragons. La leçon des *akalis* a porté.

Leur palais a déjà sa forme après dix mois seulement de travaux forcenés. Longue bâtisse blanche toute de plain-pied avec un péristyle à colonnes, allusion peut-être au Grand Trianon. À l'intérieur, six cents stucateurs, trois cents miroitiers, deux cents carreleurs d'élite s'affairent comme des fourmis.

Ranjit, en ayant inspiré le plan, veillait sur son avancement avec une minutie remarquable pour un homme par ailleurs occupé à la construction d'un royaume.

Leurs superbes chevaux gris – qui étaient d'un blanc de neige, mais on le sait, pour les hommes de cheval, il n'y a pas de chevaux blancs, le blanc se dit gris –, choisis par

Ranjit lui-même dans ses écuries, s'étaient découvert des affinités étonnantes pour des étalons de cinq ans, au moins en l'absence de juments. Ils se frôlaient de la tête avec des mouvements de cou ravissants qui finissaient joue contre joue en caresses fugitives.

Ils vont au pas. Il n'y a rien de plus serein que le pas d'un cheval, scandé par le claquement des fers sur les pierres, c'est le métronome d'une paix cosmique.

Le crépuscule splendide baigne d'un rose justement indien les molles collines du Penjab agricole. Quelle détente après l'attention qu'il faut constamment soutenir en présence du maharadjah !

Détente, épanchements, confidences…

Ventura s'ouvre le premier :

« Tout cela est magnifique, mais si fragile…

— Tout est fragile, l'ami. Vanité. Vanité des vanités », relève Allard, qui pouvait être cuistre à ses heures.

Circonstance atténuante, il est distrait, suivant de l'œil un engoulevent qui chasse les lucanes.

Le même spectacle au même moment, songe-t-il, se donnera quatre heures plus tard en Provence dans la même lumière rose passé mauve avec l'enfoncement du soleil au-delà de l'horizon. Les mêmes oiseaux là-bas mangeront les mêmes insectes. Il les avait cent fois observés enfant. Que le monde est petit ! Si loin, être si près de sa jeunesse et de ses attentes !

L'oiseau disparu, il veut corriger la platitude de sa réponse :

« Napoléon était fragile aussi.

— Le plus fragile des hommes, étant allé plus loin que les autres. Nous le savions bien, nous les juifs. C'était son charme et son secret. Le charme était éclatant, le secret à peine masqué. Avec lui, tout était trop beau. Ainsi les libertés qu'il nous restitua, nous les avons toujours sues éphémères, lui-même ne pouvant pas durer. Les rois allaient revenir et annuler tout cela. Quitte à nous proposer les accommodements anciens dont ils profitaient plus que nous.

— Vous en étiez vraiment si sûrs ?

— Tant de raisons... C'était trop beau, d'abord, tout simplement. Au moins prématuré... La Révolution...

— Oui?

— La Révolution n'est pas finie. Quant à nous, fabricants et négociants, nos vénérables et profitables activités entretiennent leur sclérose et leur inertie... Je parle des rois.

— Fragile, reprit Allard, bien sûr. Ranjit n'est pas immortel. Son héritier? Qui sait ce qu'il vaut?»

Il y avait un héritier, désigné récemment parmi ses huit fils. Huit fils officiellement déclarés. Beaucoup d'autres ne comptaient pas. D'autres étaient inconnus. Quant aux filles, silence. On touchait là l'une des limites du sikhisme.

Ventura reprend:

«Les ruines seules sont durables. La pérennité de l'empire sikh ne m'empêche pas de dormir. Après lui, l'Angleterre viendra et elle-même passera et nous-mêmes serons passés depuis longtemps. Pardonnez ces lapalissades.

— Je ne vous dois aucun pardon. Tout est lapalissade. Presque tout.»

La chambre mesure quinze mètres sur dix. Elle contient un énorme lit de trois mètres sur quatre à colonnes torsadées d'ébène et moustiquaires de mousseline, garni d'une montagne de coussins de brocart somptueusement bariolés. La salle de bains attenante est grande comme un salon européen en mosaïques de marbre qui représentent des scènes de fauconnerie d'inspiration persane, avec un bassin central où tout un peloton se serait ébroué à l'aise. Y coule sans tapage une eau très pure et parfumée. Aux murs, des profusions de miroirs dorés qui, se touchant, forment une autre mosaïque, celle-là réfléchissante. «Le monde est ma représentation.»

Il faut fermer les yeux pour échapper à soi. Ventura s'aime assez pour ne pas prendre plaisir à se voir.

Il se rafraîchit, se jette sur son lit, jette tous les coussins sur le dallage de marbre jaune et s'endort immédiatement. Demain, la journée sera rude.

18

«J'ai trouvé.»

Ranjit Singh rayonne. Son œil mort brille comme l'autre.

«Nous allons jumeler les cérémonies.

— Quelles cérémonies?» dit Allard.

Il a mal dormi, assailli de pressentiments lugubres qui n'étaient pas des cauchemars; une suite de flottements qui ne l'emportaient nulle part, épave consciente, sournoisement malmenée dans un néant gris.

«Vos mariages, dit Ranjit, mais voyez... Voici pour vous.»

Il tire d'une poche profonde, où disparaît presque tout son bras, une miniature encadrée d'or, rectangulaire, de la taille d'une carte à jouer, portrait d'une jeune Sikhe. La tend à Allard.

Allard la considère en silence, se donnant les apparences d'une concentration profonde pour masquer son effroi. De justesse il se retient de se frotter les yeux. Son expression s'éclaire malgré lui, arrivant par degrés à exprimer une admiration sans mélange.

Fasciné, il se risque:

«Majesté, pardonnez-moi, mais ce portrait n'est-il pas flatté?

— Je devrais vous faire couper la tête... Elle est encore beaucoup mieux que cela.»

La décision fut prise comme on saute dans le vide.

Avant de monter à cheval, Allard était monté sur scène, touché dans sa jeunesse par le démon de la comédie dont les prières que sa belle-mère adressait au ciel l'avaient heureusement détourné. Le théâtre y perdit beaucoup, il y aurait été supérieur.

Le pas sauté, il retrouva devant le portrait tous les trucs des grands acteurs pour abuser le public. Ce public était unique mais c'était le Lion du Penjab, qui ne lui voulait que du bien.

Aussi, devant son marieur royal, il se surpassa dans le rôle de fiancé ébloui, comblant ainsi des attentes qui étaient autant de commandements.

« Qui est cette fée, Majesté ? commença-t-il d'un bon pied.

— Elle s'appelle Bannou Pan Deï. Elle a dix-sept ans. Elle est fille du sirdar d'Attock qui est très riche et très flatté de votre choix… Attock, vous connaissez, place capitale sur le chemin de Khyber. Rien ne manque au tableau. »

Le cynisme de Ranjit était réjouissant.

« Je vais vous dire enfin quelque chose de stupide que vous pardonnerez…

— Oui, Majesté ?

— Elle vous aime.

— Majesté, je ne l'ai jamais vue…

— Elle possède un portrait de vous qui ne la quitte jamais. Elle sait surtout ce que vous avez fait à Naushera. Elle est enthousiasmée.

— J'ai quarante ans, dit Allard, le plus sereinement possible.

— Où est le mal ? dit Ranjit. J'en ai bien quarante-cinq. Cinq ans de plus que vous, mais je vous assure que je n'ai pas fini de me marier. Un homme n'est jamais vieux.

— Mon père avait vingt-deux ans de plus que ma mère et cela n'a pas été… comment dire ?… sans conséquences. »

(Il n'y avait jamais eu de nuages entre les parents de Jean-François Allard, pourquoi lâcha-t-il ce stupide mensonge ?)

Ranjit se méprit. Qui n'aurait fait de même ?

« Le mariage sikh est bien plus aéré que le mariage catholique. Cela dit, la République, chez vous, a établi le divorce et l'Empereur l'a confirmé en divorçant de Joséphine.

— L'Empereur donnait l'exemple en tout», dit Allard, d'un ton tellement neutre qu'en Europe on y aurait vu une critique déguisée. Il insista: «Les soldats disaient: "Il aurait dû garder la vieille, elle lui portait bonheur et à nous aussi."

— Marie-Louise était bien belle... commenta Ranjit avant de continuer: Je me suis déjà marié une vingtaine de fois, sans désagrément, avec beaucoup de plaisir, et je ne réponds de rien pour la suite. Le mariage n'est pas l'enfer.

— Ça se discute, Majesté.

— Comment! Ça se discute, dites-vous?

— Majesté, vous êtes trop rapide pour moi. Je parlais de la beauté de Marie-Louise, elle ne m'a jamais frappé. Trop pâle, trop molle et ces yeux à fleur de tête...

— Je préfère ça», dit Ranjit, apaisé.

Maintenant Allard doit remercier. Il remercie. Gauchement.

«Majesté, l'émotion me submerge. Je ne parviens pas à exprimer...

— Je vous fais confiance.

— Que dois-je faire, Majesté?

— Rien, je me charge de tout.

— Ne faudrait-il pas une rencontre préalable? Ou des rencontres? Le mariage est une chose immense.

— Ah, ne flanchez pas. J'ai consulté mes astrologues et mes devins. Ils m'ont dit que le nouveau général français – vous n'êtes pas encore général mais vous le serez bientôt puisqu'ils l'anticipent – connaîtrait un bonheur sans mélange. N'est-ce pas ce qu'on dit en France? Sans mélange? Vous voulez une rencontre? Vous l'aurez très vite. Le temps presse. Nous ne sommes pas immortels.»

Ainsi, le même jour à la même heure, Jean-François Allard apprit ses fiançailles et son élévation prochaine au grade de général. Restait la rencontre.

Ranjit Singh prétexta une chasse au tigre.

19

Ces nobles bêtes, sans foisonner – les carnivores occupent le sommet de la chaîne alimentaire, ne mangent que les aliments les plus élaborés de la création et sont toujours bien moins nombreux que les espèces subalternes qu'ils anoblissent en les mangeant –, n'étaient pas rares en Inde en ce temps-là.

Le maharadjah escomptait que l'atmosphère si singulière d'une battue de tigres inspirerait au chef de sa cavalerie des émotions assez puissantes pour balayer ses scrupules à épouser la perle rare qu'était Bannou Pan Deï.

« S'il se dérobe, je l'épouse moi-même », avait-il fini par se dire.

Il s'était renseigné comme pour soi, si bien que ses démarcheurs, avides de lui plaire, avaient rivalisé de descriptions enchanteresses, ne mentant que très peu.

Mensonges infimes : les perfections de la « fiancée » ne pouvaient pas s'exagérer.

Voici Allard dans une nacelle de chasse, habillée de lamé d'or, en compagnie de Ranjit Singh et de Bannou, sur le dos d'un éléphant.

Il n'a jamais été aussi mal à l'aise. Ni les tigres à venir, ni le roulis du pachyderme qui les portait, à écœurer un capitaine de cap-hornier, n'en étaient responsables. La belle l'était seule.

Un premier coup d'œil l'avait décidé à ne pas en risquer un second. Avant même qu'elle n'ouvre la bouche, bouche dont les lèvres et les dents surpassaient celles de toute mortelle, il s'était cru devant une déesse hindoue.

Ce n'était pas tout qu'ouvrir la bouche, elle parla. Les sons qui en sortirent étaient musique céleste. Les paroles prononcées, dans le persan le plus pur, allaient droit à l'âme. Brèves paroles sur la douceur du temps qui laissait prévoir une chasse excellente, mais l'effet de ces quelques mots paracheva la foudroyante conquête d'Allard.

Il eut beau se morigéner – «Allard! Reprends-toi!» –, combattant l'émerveillement qui le laissait sans armes, sa défense fut piteuse. La partie était jouée.

Il se tourna donc vers bâbord, côté gauche du mastodonte qui les transportait, roulant dans les hautes herbes de couleur paille qui frémissaient dans la brise tiède qu'à cette heure souffle d'outre-Indus le désert surchauffé du Sindh.

Le Sindh, prolongement de la Perse, songeait Ranjit au même moment, c'était par là qu'arrivaient les Européens en quête de fortune, qui, trop certains d'être engagés, venaient vendre leurs capacités militaires avec l'usage des armes perfectionnées dont disposaient leurs nations.

Quel miracle ou malédiction valait à ces nations la supériorité qu'elles ne méritaient pas? Combien de temps durerait-elle puisque rien ne dure? songeait Ranjit, tout en surveillant la mouvante masse des graminées géantes d'où pouvait jaillir – jaillirait immanquablement – un tigre, ou plusieurs.

Mais les armes n'étaient pas tout. Avec les mêmes, qui étaient disponibles sur le marché et que lui-même et bien d'autres princes ne se privaient pas d'acheter au prix fort, les Afghans, les Indiens, les Persans, n'égalaient pas les Occidentaux. Le matériel n'était donc pas seul à leur donner cette exaspérante supériorité. À quoi tenait-elle?

Ranjit méditait cette question depuis sa jeunesse. Il y avait l'organisation, l'obstination, la ténacité, la persévérance bien sûr. Et avant ça la discipline. La discipline qui – ils le disent eux-mêmes, livrant leur secret avec ingénuité, comme certains qu'il ne tomberait qu'en des oreilles sourdes – fait «la force principale des armées».

Sans doute estimaient-ils, dans leur arrogance, ce secret inassimilable par d'autres qu'eux-mêmes; d'application impossible ou interdite au reste de l'humanité. Ils créditaient les peuples sans nombre qui subsistaient hors d'Europe et recouvraient les autres continents – Afrique, Amérique, Asie, Océanie – d'une incapacité éternelle à rivaliser avec eux...

Cela ne durerait pas, mais quel malheur que de vivre au temps de cette injustice!

Un premier tigre surgit. Il s'arrêta, splendide, à la limite des herbes. Allard, saisi, le trouva aussi beau que sa fiancée et l'intuition le traversa que Ranjit, qui était le meilleur tireur du Penjab et le plus rapide, devait penser de même.

Pour disparaître, s'il ne rebroussait pas chemin, l'animal devait traverser une clairière d'une vingtaine de mètres de diamètre, le temps de le tuer vingt fois. Loin de rebrousser, loin de bondir – un seul bond l'aurait mis hors de danger –, il traîna. Il ne prit même pas le trot, le trot fascinant des grands fauves dont la grâce détachée ramène à leur gaucherie les humains qui l'observent. Hors des hautes herbes, il conserva la foulée lente, circonspecte et sereine à la fois, de son espèce quand elle est en promenade. Ranjit ne tirait pas.

À l'instant de s'enfoncer derrière eux dans le fouillis végétal, il tourna la tête et les toisa: l'éléphant qui soufflait d'inquiétude, son cornac, le roi, le général en puissance, la demoiselle incomparable. Il les fixa plusieurs secondes de son regard jaune opaque où l'être humain ne peut rien lire qu'une indifférence royale et, tous le virent, adressa au pachyderme une sorte de clin d'œil, de ceux qu'on réserve à de vieux complices, puis s'éclipsa dans un froissement de tiges bousculées. L'éléphant leva la trompe en réponse.

«Pourquoi n'avoir pas tiré, Majesté?

— Je l'ai trouvé trop beau. N'en dites rien à personne. Les paysans seraient mécontents. »

Les paysans détestaient les tigres qui mangeaient leur bétail et parfois leurs enfants.

Ranjit ce jour-là épargna trois autres félins. Le reste des chasseurs – vingt éléphants avaient été déployés sur cinq kilomètres de front – en avaient tué deux et manqué six ou sept, respectant la consigne, implicite, d'en préserver le maximum mais en évitant d'irriter les cultivateurs.

Par politique toujours, les dépouilles étaient exhibées en fin de journée aux carrefours les plus fréquentés de la zone chassée, attirant de grands rassemblements où l'on vantait le souci du roi de protéger les buffles de ses sujets les plus utiles à sa prospérité et sans lesquels ils seraient tous morts de faim depuis longtemps.

Allard et Bannou Pan Deï ne s'étaient pas adressé la parole, jamais silence ne fut plus éloquent.

Allard était resté paralysé par la jeunesse et la beauté de la promise à qui il n'avait rien promis. La jeunesse surtout. Vingt-cinq ans d'écart ! Ici en Inde, vu la précocité des amours, elle pourrait être sa petite-fille.

Ce rapprochement le consternait.

Il avait fini quelques semaines plus tôt par s'avouer que le service de Napoléon n'était pas la seule raison de son obstiné célibat ; l'Empereur avait bon dos. En vérité, l'Égypte et la Perse étaient venues à point pour fuir Bénédicte Margaillan. Et aujourd'hui la même raison le laissait muet : s'il rêvait au grand amour, il le fuyait comme la peste.

Craindrait-il les femmes ? Sa probité le poussa à se poser la question. Il la rejeta aussitôt. C'était le mariage qui lui faisait peur : il en rêvait trop ardemment, comme d'une chose extraordinaire, s'en faisant par honnêteté une montagne. Cette vérité enfin lui crevant les yeux, il tenta d'être ferme, ferme envers lui-même, contre lui-même : « Je n'ai pas évité si longtemps le mariage pour y consentir si tard... »

Il s'efforça d'assembler quelques pauvres arguments

contre la noce qui se préparait, sachant bien qu'ils seraient balayés incontinent.

Le premier qu'il trouva était misérable : si belle qu'elle soit, et charmante, et fine et intelligente, il suffisait de la regarder, Bannou était terriblement exotique.

Quel effet ferait-elle en France, s'il l'y amenait ? S'il l'épousait, il l'y amènerait car il l'épouserait pour de bon. Les épouseurs occidentaux regagnant leur patrie laissaient habituellement leurs femmes indiennes en Inde « pour leur épargner un dépaysement insupportable » ; les laissaient « pour leur bien » et ne donnaient plus de nouvelles. L'abjection de ces abandons consternait Allard.

Mais Bannou était tellement brune... En France, depuis les grandes invasions, depuis Clovis au moins, peut-être même depuis les Gaulois, les blondes dominent. Mais les nièces de Mazarin, qui étaient brunes comme des pruneaux, avaient fait de grands dégâts à la cour... Louis XIV en avait perdu la tête, qu'il avait pourtant solide.

S'enfermer à Saint-Tropez sauverait tout.

À Saint-Tropez, la couleur de Bannou ne détonnerait pas, on ne verrait que sa beauté. Là-bas, les Sarrasins s'étaient incrustés longtemps. Les filles sont brunes et n'ont pas les yeux bleus. À Saint-Tropez, personne ne se retournerait sur eux dans la rue, comme à Paris fatalement.

La mesquinerie de cette réflexion lui fit honte aussitôt. L'idée qu'on jaserait de Bannou à Paris et qu'il fallait l'en tenir à l'écart, n'osant pas la montrer, était ignoble. Furieux contre soi, il se reprit : il montrerait sa femme partout, à l'aise partout, jusqu'aux Tuileries un jour peut-être, à la cour ; on l'envierait là-bas aussi ; quant aux critiques, il les tuerait.

Réconcilié avec lui-même, il passa à autre chose.

Les munificences de Ranjit lui permettaient une épargne imposante. Tous ses frais étaient payés sans qu'il entamât son traitement. De même Ventura ; ils faisaient fortune. L'un et l'autre estimaient ne pouvoir en jouir proprement qu'en Europe.

Ici, cette opulence n'étonnait personne. Son étalage était recommandé, pour montrer sa puissance et impressionner les impressionnables. En France, c'était moins simple, il y avait de l'envie...

Bien avant la chute de la monarchie, il y avait toujours eu de l'insolence dans l'air. Les pauvres – relire Molière – se laissaient peu impressionner par le faste ni le rang. Il suffit, songeait-il, d'ouvrir un livre : les riches n'y ont jamais le beau rôle, sinon parfois dans les contes de fées, à la fin. Ou certaines brochures édifiantes rédigées par des religieux à l'affût d'héritages copieux pour en flatter les propriétaires.

La Révolution n'avait rien arrangé. Le luxe de la cour avait cristallisé d'innombrables ressentiments et chauffé à blanc les susceptibilités des citoyens. Allard se rappellerait toute sa vie ce voltigeur du 23e de ligne, de peut-être vingt ans bien qu'il en parût quarante, allongé en travers d'une route pendant la campagne de France et se disant « très fatigué ». Prié par un aide de camp de se bouger pour laisser passer l'Empereur, il répondit « La route est à tout le monde ». L'Empereur l'avait contourné sans rien dire, avec un étrange sourire, qu'on aurait dit complice.

En France, il faudrait être discret. Cette discrétion lui serait facile. Le plaisir si vulgaire d'éclabousser les moins fortunés ne toucherait pas Allard.

Il attendait quand même, de son retour en nabab, le choc délicieux d'un débarquement glorieux sur une population qu'il connaissait en détail. Là-bas, ceux avec qui dans sa jeunesse il n'avait pas joué aux boules et n'avait pas pêché d'oursins, se comptaient sur les doigts d'une main.

Il descendrait majestueusement d'une frégate pavoisée qui s'appellerait *L'Impatiente* ou *La Zélée*, suivi d'une file considérable de porteurs de coffres remplis de numéraire, de pierres précieuses, de bijoux et de ces cachemires et mousselines qu'on s'arrachait déjà en Europe lorsqu'il l'avait quittée et dont le prix n'avait cessé d'augmenter jusqu'à des sommets vertigineux, à faire mentir le dicton des boursiers timides : « Les arbres ne montent pas jusqu'au ciel. »

Eh bien, si ! Chez Ranjit, ils y montaient sans effort, inexorablement.

Oui, quand la citadelle apparaîtrait à l'horizon du golfe de Sainte-Maxime, au-dessus de l'étagement des maisons qui montent vers ses glacis à partir de la place des Lices, il lui faudrait se garder de ne pas mourir soudain de bonheur.

Son père vivrait-il toujours ?

Le balancement du pachyderme revenant à Lahore l'engourdissait. Ranjit Singh se taisait, berçant de royales pensées. La demoiselle incomparable que lui envierait la France entière glissait vers lui des regards furtifs qu'il s'interdisait d'intercepter.

Il l'épouserait.

Demander à Ranjit le plus tôt possible si l'on pouvait demeurer monogame au Bengale… Le plus tôt fut le soir même.

« Demeurer monogame ? C'est toléré, répond Ranjit, mais ce n'est pas bien compris. Les femmes surtout ne comprennent pas. Pour elles, l'homme d'une seule femme ne l'est pas tout à fait. On le trouve bizarre. Pervers plutôt. Vous voilà prévenu. J'ai mon idée là-dessus. »

L'idée était que les femmes trouvaient les polygames beaucoup moins encombrants – encombrants et fatigants.

« La présence continue d'un homme est insupportable à la plupart des femmes. À juste titre ! insista Ranjit. La réciproque est encore plus vraie. Je l'ai observé partout, l'agacement affleure entre les sexes et il augmente avec le temps… Moi, il m'en reste seize puisque cinq sont déjà mortes. Je les vois rarement. Le moins possible en vérité. Elles m'en sont reconnaissantes. Elles vivent à l'aise dans mes palais avec des serviteurs attentifs et fidèles. La belle vie, quoi. Comme vous dites en France, n'est-ce pas ?

— N'ayant rien à faire, Majesté, ne s'ennuient-elles pas ? Au moins de vous ?

— Je ne crois pas. Elles ne sont pas comme nous. Mais ne me flattez pas, j'ai horreur de ça. »

Ils étaient d'accord. Implicitement et expressément.

Ventura aussi était au pied du mur. On lui avait proposé une princesse baloutche de seize ans, très belle et très riche, mais nettement moins que Bannou Pan Deï. Comme si Ranjit avait tenu à respecter la hiérarchie : le capitaine méritait mieux que le maréchal des logis.

Libertin dans l'âme, Ventura n'était pas jaloux, il éprouva toutefois une sorte de pincement à constater cette différence, qui persista deux jours car, le surlendemain de l'annonce qui lui avait été faite, aussitôt suivie d'une présentation au palais, Ranjit l'appela. Ils étaient seuls.

« Je voulais vous dire en privé la raison de la différence que vous avez certainement constatée, de la dot de votre femme à celle de Bannou Pan Deï. Cette différence est volontaire, vous le savez, mais non pour la raison que vous pourriez légitimement imaginer. Elle ne dépend que d'une remarque : le général Allard – il ne l'est qu'officieusement, comme vous, général Ventura, à qui j'ai le plaisir de l'apprendre, mais la publication de vos élévations est imminente – ne saurait pas faire fortune tout seul. Ce n'est pas votre cas. Je ne suis pas devin mais je sais que vous n'avez besoin d'aucun renfort pour y parvenir. D'autant qu'ici au Penjab, les appuis ne vous manqueront pas. »

Ventura s'était dit que Ranjit Singh n'avait pas volé sa couronne. Ce n'était pas la première fois.

Les deux mariages furent célébrés le 14 juin 1825, à Lahore.

Les agents de la Compagnie des Indes, dont certains appartenaient à la haute société britannique, inondèrent Londres de descriptions époustouflantes qui déclenchèrent de nombreuses vocations au « Service des Indes », très fâcheuses pour l'influence française.

Les deux mariées tombèrent enceintes en même temps. Neuf mois plus tard, Allard contemplait la fille qu'on lui avait apportée cérémonieusement. Face au bébé, l'étrange sentiment très fugitif mais très précis d'être son arrière-grand-père le traversa ; il se revit dans un éclair le grand-père de sa femme.

Sa joie n'en fut que brièvement atténuée, car il se reprit très vite. Et après tout ?

L'enfant était là. Selon les femmes qui l'entouraient avec des mièvreries navrantes et la disaient ravissante, elle lui ressemblait comme deux gouttes d'eau. Crucifiante contradiction : lui-même se trouvant très laid, sa fille, si elle lui ressemblait le moins du monde, ne pouvait pas être ravissante.

Les deux pères se réjouirent de la double naissance, espérant que leurs enfants s'entendraient plus tard comme eux-mêmes, perpétuant une amitié rare.

20

Pendant les deux gestations, les Afghans n'étaient pas restés inactifs.

La perte de Peshawar les ayant piqués au plus vif, si divisés qu'ils fussent, ils s'étaient rapprochés. Il fallait absolument réparer cela.

Il n'y a pas de sursaut sans ressort adéquat. Sayed Ahmed Shah Barelvi, appelé le Grand Sayed et, après sa mort, Ahmed le Grand, fut cet instrument.

Orateur incomparable, il prêchait comme personne la guerre et la détestation de la paix.

Depuis l'Hégire, ce propos est canonique. Le vrai croyant n'a qu'un devoir: convertir les infidèles, à défaut les exterminer. Soumettre enfin le monde à Dieu, selon son Prophète.

Après quelques minutes d'imprécations sublimes, ses auditeurs couraient faire leur paquetage et aiguiser leur sabre pour le suivre au bout du monde.

Le Sayed, brûlot humain, ne tenait pas en place, laissant partout derrière lui des foyers incandescents de fureurs expansionnistes.

En Arabie, il avait vitupéré la mollesse des wahhabites, pourtant intégristes exemplaires.

En Inde, il s'était déchaîné contre les Pindaris, trop indulgents au reste des hommes.

En 1822, Calcutta lui avait fait un triomphe devant les Anglais éberlués.

En décembre 1826, il arrive à Kandahar, y proclame aussitôt la guerre sainte pour reprendre Peshawar et massacrer les Sikhs. Les Afghans répondent en masse à l'appel.

Peshawar d'emblée se soulève. Son gouverneur, Yar Mohammed, nommé par Ranjit, prend la tête des insurgés.

Des ouragans de moudjahidin déferlant du nord se pressent à Khyber. Hommes et femmes de toutes conditions, armés à l'aventure, beaucoup de bâtons et de gourdins.

Hommes et femmes! Du jamais vu!

Dans cette marée, deux Français déguisés en Persans hurlent en persan «Mort aux infidèles!» de toute la force de leurs poumons. S'ils étaient soupçonnés d'être ce qu'ils sont, on n'en retrouverait rien. Que des morceaux dont personne ne pourrait deviner que ce sont leurs restes, ni même des restes humains.

Appelés par Allard, Lahore est leur but. Ranjit Singh les attend.

La foule démente où ils se noient ne verra pas en eux les agents de son destin.

Ils s'appellent Claude-Auguste Court et Paolo Di Avitabile, bien entendu anciens de la Grande Armée. Avec Allard et Ventura ils vont former le quatuor qui sera jusqu'à la fin l'atout maître de Ranjit Singh.

Un an plus tôt, le maharadjah interpellait Allard:

«Je vous vois surmené, Allard Sahib. Ventura Sahib aussi. Vous allez vous écrouler tous les deux. Il vous faut du renfort.»

Allard l'avait reconnu:

«Un artilleur ne serait pas de trop, Majesté.»

Ranjit Singh, dans l'artillerie, voyait le salut de son empire.

«Trouvez-en un qui vous convienne et me convienne aussi.

— Je trouverai, Majesté.

— Il me faudrait aussi, comment dites-vous ? Un homme à poigne. Un homme à poigne avec des capacités d'administrateur.

— Ce sera plus difficile mais je le trouverai aussi, Majesté.

— Combien de temps demandez-vous ?

— Au moins six mois.

— Je vous donne un an, pas plus. »

Ils avaient actionné leurs réseaux et les circonstances avaient voulu que les deux appelés eussent décidé, pour gagner du temps, de se mêler au grand *djihad* du Sayed pour reprendre Peshawar.

Claude-Auguste a laissé des *Mémoires* :

« La plupart de ces fanatiques allaient à pied. Ils étaient armés diversement. Les uns de lances et de javelines, d'autres de fusils ou de sabres, la plupart n'avaient pour défense que des massues ou des bâtons ferrés. Cette foule offrait un mélange bizarre et confus de toutes les conditions. Des femmes exaltées paraissaient en armes au milieu de ces ghazis *; on voyait la vieillesse à côté de la jeunesse et l'opulence près de la misère. Partout la foule déployait un tas de bannières en récitant des versets du Coran ou en poussant des cris affreux. »*

Lahore garde son sang-froid. Les conseillers du maharadjah l'incitent toutefois à tempérer sa mansuétude ordinaire. On ne peut plus se contenter envers Peshawar d'un tribut symbolique de châles et de chameaux. L'annexion est peut-être encore prématurée, mais il faut y mettre une garnison. « Sans quoi, les Afghans en trouveront toujours les portes ouvertes. À moins de les expulser tous. »

Ranjit approuve : « Vos pensées rejoignent les miennes, mais je n'expulserai personne. » Il convoque ses « Français » :

« Les Afghans reviennent avec le Sayed. Peshawar s'est révoltée. Yar Mohammed a rallié au Sayed. Un gros *djihad* roule vers Khyber. Vous allez l'arrêter. Nous avons dix jours. Dans quel délai vos régiments pourront-ils partir ?

— Trois jours, Majesté.

— Dans trois jours, je les passe en revue. Vous partirez sitôt après.»

Une heure après tombe au palais la nouvelle d'un désastre. Budh Singh Sindhanwalah, le meilleur général sikh, submergé par les enragés, a été tué à Akora le 21 décembre. Son armée est détruite. Entre les fous et Peshawar il n'y a plus rien.

Les musulmans délirent de joie; encore discrètement, s'échauffant pour exploser. À Lahore même, ils se contiennent mais on les devine exultant.

Ranjit rappelle ses Français.

«Trois jours c'est trop, gagnez du temps. Demain?

— Demain soir, Majesté. Nous attendons nos camarades et voudrions vous les présenter.

— L'artilleur et l'homme à poigne?

— Eux-mêmes, Majesté.

— J'oubliais. Va pour demain soir.»

Le lendemain, soulagement: Budh Singh n'est pas mort. Il est blessé, il a de grosses pertes, mais tient bon. Replié sur l'Indus et retranché à Kaikora. Il attend du secours.

Allard complète:

«Ce n'est pas tout, Majesté. Nos camarades sont là.

— Où sont-ils?

— À Anarkali.

— Qu'ils viennent. Reparlez-moi d'eux.»

Ils s'appellent donc Claude-Auguste Court et Paolo Di Avitabile.

Le premier, l'artilleur, est né à Saint-Césaire-sur-Siagne et sort de Saint-Cyr; le second, cavalier, est né à Naples et ne sort de rien.

Ainsi, ce renfort, qui sera capital, se composait comme le premier, d'un Français et d'un Italien. Les génies de deux grands peuples se complétaient au carré.

Le Provençal était vertueux à faire peur, toute droiture, honnêteté, conscience professionnelle. Décourageant. Les talents du Napolitain étaient d'une autre nature. Il les ignorait encore et se découvrit bientôt administrateur hors de pair dans les pires circonstances possible et dans le style impitoyable que ces circonstances exigeaient probablement. Il se verra nommer gouverneur de places de plus en plus fortes et de plus en plus exposées dans le Nord, face aux Afghans, jusqu'à gouverner ce Nord tout entier.

Il tenait certainement sa férocité de ses ancêtres de Calabre et de Campanie. Les provinces du sud de la Botte, entraînées depuis toujours au banditisme par la nécessité d'échapper à la misère, sont célèbres en Europe depuis Pline l'Ancien pour la cruauté de leurs mœurs et la rigueur de leur morale, entièrement fondée sur le point d'honneur. Tout est permis si l'honneur est sauf. Reste à le définir.

Comme Allard il avait servi dans les chevau-légers de Murat.

Ses parrains l'avaient honnêtement présenté à leur maître :

«Paolo n'a peur de rien, surtout pas de punir. C'est un homme d'ordre. Si vous lui confiez une place, Majesté, aucun manquement n'y sera toléré. Peut-être, quelquefois, faudra-t-il modérer ses rigueurs. (Il sera surnommé "Gouverneur Pendeur" car il pendra les voleurs, au scandale général, ce qui le laissait complètement froid.)

— Bien», dit Ranjit.

Allard lui voyait quelque chose de Davout, le vainqueur d'Auerstaedt, seul invaincu des maréchaux de l'Empereur, dont le corps d'armée, intact ou presque, avait passé la Bérézina au son des fifres et des tambours. En 1814, Napoléon avait déjà abdiqué, qu'il tenait toujours Hambourg, le grand port allemand, étendant même son domaine loin de ses bastions. Son secret ? La terreur. Il était implacable. Allard dit tout cela à Ranjit.

«Très bien, dit encore Ranjit, hochant la tête à la française et complétant : Je vois très bien qui est Davout. C'est un grand exemple. Je confierai à votre ami une zone difficile, après l'avoir estimé.»

Ayant fermé l'œil qu'il pouvait tenir ouvert, retiré en lui-même, il médita de longues secondes, puis le rouvrit et commanda de faire entrer les lascars.

Charles-Auguste Court et Paolo Di Avitabile s'avancèrent et s'inclinèrent très bas. Ils avaient quitté leurs déguisements salvateurs, étaient vêtus de redingotes de nankin gris perle. Cet habit européen les dispensait d'une prosternation devant le maharadjah, à laquelle une tenue sikhe, impliquant vassalité, les aurait condamnés.

Ranjit leur demanda leurs états de service qu'il connaissait déjà. Il faisait toujours parler d'eux-mêmes les candidats à son service: s'il n'était pas mélomane, sa passion pour le tambour et pour la trompette montrait bien qu'il n'était pas insensible à toute musique, et celle des voix, si révélatrice, l'intéressait suprêmement. S'il avait voulu, il aurait pu aussi bien cultiver le piano et le violon, une fois fixées les limites idéales de son empire et se gardant de trop l'étendre.

Car il n'était pas de ces conquérants emportés par leurs conquêtes. Il citait de temps en temps le proverbe universel «Qui trop embrasse mal étreint». Allard, une fois, l'avait entendu murmurer pour lui-même: «Napoléon pouvait tout vouloir, il a trop voulu.» On ne pouvait donc pas exclure qu'un jour le violon ou le piano ne l'émeuvent et ne le recrutent.

S'il n'était pas mélomane encore en 1827, il jugeait néanmoins que la voix d'un homme ou d'une femme affichait mieux que tout autre signe – taille, poids, volume, grâce, beauté ou laideur, les regards même, pourtant miroirs de l'âme – leurs défauts et qualités. (Les Sikhs croient en l'âme comme en Dieu.)

La voix d'un homme ou d'une femme. Il insistait sur la distinction des sexes pour lui si prononcée qu'elle définissait deux espèces différentes, incompatibles en tout, sauf en fait de reproduction; conjonction d'autant plus fascinante qu'elle reproduit leurs deux étrangetés, d'homme pour la femme, de femme pour l'homme, avec une régularité si confondante qu'il n'est pas besoin d'autre preuve de l'existence de Dieu.

Là était certainement la source de l'équanimité extraordinaire de Ranjit Singh en matière de religion: vrai disciple du Guru Nanak et de ses neuf successeurs, il les admettait toutes avec une sorte d'attendrissement surhumain.

Court était roux, Avitabile noir en tout.

Camaïeu de noirceurs massives, profondément imprégnées dans la masse. Chevelure frisée de jais, iris de goudron, épiderme si brun qu'il en était gris – gris cendré – très distingué, merveilleusement accordé au noir des cheveux et des yeux. Il était sec comme un maître d'armes. La souplesse, le délié de ses gestes les plus banals auraient pu trahir un danseur. Danseur? Peut-être, les Italiens du Sud excellent à la danse. Escrimeur? Sûrement. L'archétype du tueur de cavalerie légère.

«Je ne suis qu'homme de cheval, Majesté», dit-il, dardant son regard d'encre au fond de l'œil de Ranjit Singh. C'était taper dans le mille. Ventura, entre Italiens, l'avait renseigné: «Dis-lui que les chevaux sont tout pour toi et ta fortune est faite.»

Il avait ajouté sans savoir consciemment pourquoi, mais l'inconscient ne chômait pas: «Cette passion m'a coûté cher, mais je ne regrette rien.

— Cher? Comment cela? avait dit Ranjit.

— J'étais jeune et pauvre, Majesté, j'avais seize ans. J'ai volé un cheval au duc de Salerne pour emmener une amie au bal annuel de Pompéi. J'ai pris trois ans. Trois ans seulement de bagne. Son confesseur, qui était mon oncle, a attendri le duc.»

Quel filou! se dit Ranjit Singh, admiratif. «Continuez, dit-il tout haut.

— Après cela, ne restait que l'armée. La cavalerie, pour moi. Et tout s'est bien passé, grâce à l'Empereur... Grande époque... J'ai déserté quand ils ont fusillé Murat.»

Il dit «Murat» platement. Sans son titre de roi de Naples, brutalement, à la sans-culotte... C'était un pari personnel. Il avait parié: «Ce borgne endiamanté ne s'en choquera pas et s'il ne s'en choque pas, je marquerai un point.»

Sans rien montrer, Ranjit s'étonna que cet homme réputé féroce fût si prolixe. La férocité n'est pas bavarde, il en savait quelque chose. Elle ne se paie pas de mots. Elle agit. Elle frappe sans discours. Elle est laconique.

Il y avait là contradiction. Mais peut-être qu'en Italie, ce n'est pas contradictoire…

Sa décision était prise : après essais, il confierait au féroce filou une place forte du Nord-Ouest, face aux Afghans. Pour commencer, une forteresse secondaire, bien qu'il n'y ait point de forteresse secondaire. Et on verrait.

« Je vous félicite », dit-il à Paolo.

« Et vous, colonel Sahib ? » demanda-t-il à Court, dont la rousseur et la pâleur lui faisaient bonne impression, lui rappelant les Germains de Tacite : *yeux farouches et bleus, chevelure d'un roux ardent, taille haute et corps massif propre à l'assaut.*

C'était Allard qui l'avait instruit, lui ayant lu, à sa demande et plusieurs fois de suite, *De la Germanie.* Il s'en était passionnément pénétré.

Court parla :

« Majesté, j'ai étudié à l'école militaire de Saint-Cyr dont vous connaissez la devise, que l'Empereur lui a donnée : *Ils s'instruisent pour vaincre.* J'en suis sorti dixième, d'une promotion de cent dix-sept. Et j'ai choisi l'artillerie. Pour deux motifs : la superstition et la raison.

— Précisez, Court Sahib. »

Ranjit était superstitieux. Son œil brillait comme une escarboucle.

« Bonaparte était artilleur. La superstition m'a convaincu qu'après cet exemple je n'avais pas d'autre choix que d'embrasser le même métier. Et la raison m'a fait reconnaître l'importance primordiale du canon dans les progrès de l'humanité.

— Précisez encore, s'il vous plaît », dit le maharadjah.

Claude-Auguste sans ambages dévoila ses deux amours : les vieilles pierres et l'artillerie, l'archéologie et les canons. Il savait pouvoir, au Penjab plus que nulle part ailleurs, se livrer à ces deux passions, pourvu que Sa Majesté voulût bien le prendre à son service. Le Penjab regorgeait d'ennemis et de cités de cinq mille ans, parfois plus, enfouies dans le sol, remplies de merveilles.

« De merveilles pour archéologue, dit Court avec un petit sourire, sans valeur qu'absolue. »

Ranjit se dit : « Voilà un homme. »

Court poursuivit. Les ennemis qui entouraient le Penjab et parfois s'agitaient à l'intérieur lui permettraient de s'adonner *in vivo* au perfectionnement de l'arme savante qu'était l'artillerie. L'artillerie dont l'importance allait croissant, qui, un jour, bientôt, surpasserait toutes les autres armes jusqu'à les supprimer, supprimant, qui sait, la guerre elle-même.

« Cette suppression, affirma-t-il, est le but ultime de tous les vrais soldats. »

Dont l'archéologie était le contrepoison. Décalé dans le temps, bien sûr. Peu importait. Fouiller le sol inlassablement, en extraire les preuves de civilisations disparues, les ramener en quelque sorte à la vie, les rappelant à la mémoire des hommes, balançait un peu les destructions du canon. Aux yeux de Claude-Auguste Court les rachetait carrément.

Il lâcha :

« Je me console sous la terre des destructions que j'opère à sa surface. »

Ses auditeurs étaient sans voix.

Allard et Ventura découvraient un camarade dont ils n'avaient jamais soupçonné la profondeur des ruminations. Avitabile, pendant leur voyage, avait déjà entendu tout ça.

Au-delà de la personne de l'illuminé, le roi admira un exemple magnifique des capacités de contorsion de l'esprit occidental. Acrobaties qui entraînaient sans cesse à des spéculations, inconcevables ailleurs, et faisaient de l'Européen le concurrent le plus redoutable des habitants du reste du monde.

« Cependant, Majesté, il faut être honnête : l'archéologie n'a que des vertus, l'artillerie n'est pas sans défauts.

— J'en devine quelques-uns, dit le roi, dites-moi ceux que vous lui voyez.

— Le principal est de dégrader la bravoure. Les canons

tuent de trop loin et sans raffinement. Mourir sans voir son ennemi ! »

Ranjit cita Rodrigue, celui du *Cid* de Corneille, sans presque trace d'accent sikh :

Mourir sans tirer ma raison !

Napoléon plaçant Corneille au plus haut, on le savait presque par cœur dans la Grande Armée. Les Français n'en furent pas moins éberlués d'entendre leur maharadjah citer *Le Cid*, et leur attachement s'en accrut.

Ce maharadjah enchaîna :

« Voudriez-vous ressusciter la querelle de l'arbalète ? »

Que l'Église en Europe avait jadis interdite pour la même raison, n'admettant que le corps-à-corps où les risques sont égaux, au moins sur le papier. Tuer de loin est forfaiture.

« Non, Majesté, l'arbalète l'a emporté pour toujours. »

Court demande enfin trois ans pour mettre en service la meilleure artillerie des Indes, supérieure à la britannique qui avait subjugué le Bengale et prétendait encore à bien autre chose.

« Trois ans ! dit Ranjit. Vous prenez du champ ! Le temps presse, il y a tant à faire !

— Majesté, l'artillerie est une arme savante, qui ne peut s'improviser. Je ferai de mon mieux. »

Court va forger une machine terrible, agile et précise. Surentraînée, elle égalera puis surpassera la britannique.

Dans les guerres malheureuses qui, Ranjit disparu, scelleront le destin de l'empire sikh, peu s'en faudra que ses canons ne forcent Whitehall à revoir ses calculs. Imprimant dans le cœur des Indiens, les Sikhs d'abord et tous les autres, que l'homme blanc, même anglais, n'était pas invincible et que son joug n'était pas fatal.

Dix ans après la fin de l'empire sikh, la révolte des cipayes annoncera la fin du Raj britannique. Il y fallut un peu moins d'un siècle, un soupir de l'Histoire.

Ainsi cheminent au sein de l'humanité, partout dans le monde, les progrès les moins attendus, déroutant les subtils comme les esprits légers.

À la fin de l'entretien Ranjit pressa Allard :
« Bud Singh vous attend. Faites vite. Il ne pourra pas tenir longtemps. »

Cinq jours plus tard à Kaikora, assiégeants et assiégés voient surgir en même temps sur la rive gauche de l'Indus les drapeaux bleu, blanc, rouge sous leurs aigles dorées. Ils s'en émeuvent différemment. Les seconds se massent sur les remparts pour un concours d'acclamations. Les premiers, pétrifiés, restent silencieux. Bud Singh Sindhanwalah « a le coup d'œil », il perçoit cette tétanie, ordonne aussitôt une sortie massive. « À fond ! » dit-il à ses capitaines.

Les portes s'ouvrent. Les Sikhs se ruent. La stupeur devient panique chez les moudjahidin. Ils s'enfuient en masse sous les yeux émerveillés des secours de l'autre rive, hurlant et trépignant de bonheur.

La déroute fut si soudaine que le bruit courut le soir même que le Sayed était mort. La mort soudaine d'un grand chef désagrège souvent les armées les plus solides : il n'est plus là, on n'y croit plus.

Or le Sayed se portait fort bien.

«Vous me dites qu'il est mort, dit Allard aux sirdars qui n'en voulaient point démordre et le pressaient d'ordonner une poursuite qui les mènerait à Kaboul. Apportez-moi sa tête.

« Nous rentrons à Lahore, laisse-t-il tomber. Je ne risquerai pas l'armée que je n'aie vu sa tête. »

Les sirdars maugréant sont presque menaçants.

Le soutien de Bud Singh, le vainqueur de la journée, ne fut pas de trop. Des mécontents grommelaient déjà que sa tête, à lui Allard, n'allait pas longtemps lui tenir aux épaules, l'accusant de trahison pour refus d'achever l'ennemi.

« L'empereur saura cela ! lâche un forcené.

— Il le saura par moi, réplique Allard.

— D'immenses renforts descendent du nord, intervient Bud Singh. Les fuyards vont se ressaisir en les rencontrant. Tous vont marcher sur nous. Cent mille hommes peut-être. Peut-être plus. Combien sommes-nous ? demande-t-il à Allard, comme s'il l'avait oublié.

— Vingt mille : vous, dix mille, et moi autant.

— Alors ? » dit Bud Singh aux factieux.

Silence.

« À Lahore », dit Allard, l'air las, exagérant cette lassitude.

Les Afghans reviennent, cent mille au moins, comme Bud Singh l'avait prévu, ivres de revanche, hurlant tous les cent pas, brandissant leurs armes, « Peshawar ! Allah akbar ! »

La rauque incantation montant jusqu'au ciel effraie les aigles qui en sont les maîtres ; ils se réfugient dans la stratosphère.

Encerclant à distance la ville de leurs rêves, l'invasion resserre lentement son dispositif, suivant les afflux successifs de renforts attirés de plus en plus loin par l'espoir d'un pillage grandiose. Ils sont bientôt bien plus de cent mille.

Mais les portes que les assaillants s'attendaient à voir ouvertes par des complices restent closes. Leurs partisans à l'intérieur se tiennent cois. Puis l'intendance ne suit pas. Les vivres viennent à manquer. Enfin le froid se fait mordant. Les effectifs s'éclaircissent. En huit jours, ils diminuent de milliers de déserteurs. Trois semaines plus tard le siège n'est que souvenir.

Pendant ce temps, Claude-Auguste travaille comme un Romain. Il racontera dans ses *Mémoires* :

« J'ai trouvé un bric-à-brac de canons hors d'âge. Certains dataient du XVIIe siècle, parfois magnifiques, quelquefois plus beaux que ceux de Louis XIV. La plupart rustiques, fondus grossièrement. La diversité des calibres était infinie. Les affûts étaient navrants. C'étaient des charrettes branlantes dont le

moindre déplacement était un miracle, en bois divers et de formes variées, selon la fantaisie de leurs charrons.

« Ces pièces tiraient des boulets ronds, des boulets ramés et des obus à mitraille sans mitraille. Ces boulets étaient faits de matériaux disparates, fer, cuivre, zinc, grossièrement martelés. Les obus étaient en cuivre, en laiton, en étain, en plomb, mais ils n'étaient chargés que de mauvaise poudre. Les Anglais les disaient "inoffensifs" et "inutiles". Ils se gardaient de leur apprendre à les charger d'autre chose que de cette mauvaise poudre qui n'en faisait que des pétards pour carnavals ou fêtes votives. »

Il changea tout, mais cela prit plus de temps que prévu.

21

L'éclipse de Sayed Ahmed dura quelques mois et demeure inexpliquée. Le plus probable est qu'il s'enferma dans un ermitage pour se rapprocher de Dieu.

Si tel fut le cas, la cure lui convint : il reparaît plein d'ardeur sur l'Indus dès 1828 et se met en devoir d'en ravager la rive droite, avec des forces certes réduites mais toujours survoltées. Ventura le repousse sans mal. Va-t-on pouvoir respirer ?

Non.

Au printemps de 1829, un nouveau torrent de Pachtouns descendus de Kaboul encombre Khyber. Une fois de plus électrisés par les prêches du Sayed : promesses éternelles et toujours neuves de fortune, de gloire et de paradis.

La marée bat début avril les murs de Peshawar. Il semble que cette fois...

Dans la ville même, en l'absence d'Allard et de ses amis, le parti afghan est chez lui. Encore un peu et les douze portes s'ouvriront ensemble aux guerriers d'Allah.

Allard n'est pas disponible. Une sciatique lui interdit de monter à cheval.

Court est dévoré par ses fonderies, Ranjit envoie les Italiens.

Les Afghans se croient seuls et se gardent mal. Leurs campements loin des remparts longent la rivière de Kaboul.

Ses eaux limpides et bondissantes attirent des foules de pêcheurs de truites qui se délassent avant l'assaut qui sera décisif, car ils ont avec eux pour la première fois des canons modernes, cadeaux de l'Angleterre, qui ouvriront bien vite une brèche dans l'enceinte orgueilleuse de la Perle de l'Asie.

Le 11 avril, à trois heures, la nuit était sans lune. Ventura concentre ses cavaliers derrière un épaulement dominant le dispositif ennemi. Le vent du nord a empêché les sentinelles d'entendre les hennissements de ses régiments – un de dragons, deux de lanciers. Avant l'aube, il les range sans bruit à la crête de la bosse. L'aurore paraît, les trompettes la saluent.

Une heure après, il n'y a plus d'Afghans devant Peshawar. La rive droite de la rivière est couverte de morts. Beaucoup d'autres la descendent. Bientôt le fort d'Attock, au confluent de l'Indus – dont le seigneur est le beau-père d'Allard –, les verra passer ventre en l'air, les yeux vitreux ouverts au ciel qui les a déjà reçus. Les truites prennent leur revanche, dévorant ce qu'elles en peuvent.

Les vivants, cohue hagarde, se bousculent vers Khyber.

Ventura et son compère sont seuls sur une butte au-dessus d'un champ qui n'est pas de bataille mais de massacre.

L'un et l'autre absents et muets. Double absence de vainqueurs blasés mécontents de l'être. *À vaincre sans péril...*

La sueur sèche sur leurs chevaux en longues traînées blanchâtres.

Ils demeurent là quelques minutes sans rien dire et tournent bride pour rejoindre leurs escadrons qui attendent là-bas dans un ordre admirable qu'ils veuillent bien les passer en revue.

Et le Sayed revint en décembre. À croire qu'il recrutait jusqu'au fleuve Amour, au fond de la Sibérie, ses effectifs inépuisables.

22

La situation malgré ce coup ne laisse pas de s'éclaircir.

Yar Mohammed, le félon, calculant que les Pachtouns seraient toujours battus, revient à Ranjit Singh. Le voici devant son bienfaiteur, implorant, virtuellement « en chemise et la corde au cou », pariant sur sa clémence célèbre.

« Tu dois prouver ton repentir. Après quoi, peut-être, je te rendrai ta place.

— Comment te le prouver ?

— En payant de ta personne.

— Majesté, tu le sais, tout ce que j'ai est à toi. Que veux-tu de ce que je possède ?

— Pourquoi m'as-tu trahi pour le Barelvi ?

— J'ai cru qu'il avait gagné. »

Tant de franchise méritait pardon.

Suivit une transaction dont l'essentiel fut l'engagement de livrer *Leili* à Ranjit – ce n'était pas l'Hélène d'Homère, c'était un cheval.

Ranjit Singh, fou de chevaux, aurait donné son royaume pour lui. Yar Mohammed l'était aussi ; le sacrifice était immense mais sa faute était énorme.

Incarnation du cheval parfait. Héros de milliers de ballades chantées de Delhi à Damas dans tous les caravan-sérails. Symbole de grandeur dans l'immensité des steppes, la possession de *Leili* marquerait jusqu'au bout du monde l'autorité de l'empereur sikh sur Peshawar la musulmane.

Yar Mohammed a promis mais renâcle à s'exécuter.

Tous les jours il visite l'objet de son amour dans son écurie de marbre devant son râtelier d'argent, astiqué matin et soir, et sa mangeoire de porphyre garnie du foin parfumé qui ne pousse que dans les collines de Jammu où les nuits sont plus fraîches et les jours moins chauds que dans la plaine de Lahore.

Les brins de ce foin sont plus fins, souples et verts que ceux des basses terres irriguées qui donnent par an six à sept coupes d'un fourrage très reconstituant mais grossier, excellent pour les buffles d'artillerie, insupportable à l'estomac du *Seigneur Leili*.

L'écurie est voisine de ses appartements pour qu'il puisse s'y transporter sans perte de temps et se repaître de *Leili* le plus longtemps possible. Il va le voir sitôt levé parce que ce contact lui rend la force de vivre, illuminant toute sa journée. Trop brèves minutes passées à contempler la vivante merveille du monde qui le salue toujours d'un hennissement très doux, suivi d'encensements qui soulignent la souplesse et la puissance d'un cou admirable et la somptuosité d'une crinière argentée épaisse comme un fleuve, doucement remuée par ses mouvements.

Il prolongerait indéfiniment ces stations merveilleuses s'il ne redoutait, ce faisant, de nuire à son emploi inestimable de gouverneur, pour lequel il a trahi une première fois l'islam, une deuxième fois les Sikhs, une troisième l'islam encore, et le jour approchait – car retarder davantage la livraison de *Leili* serait dangereux – de la dernière fois, la plus cruelle, la moins pardonnable. Il trahirait le cheval qu'il aimait et qui l'aimait. Le plus beau cheval sous le ciel, image vivante de la beauté et de la noblesse, et l'angoisse de n'y pas survivre le taraudait affreusement.

Il le remettrait à cet Italien qui ne connaissait rien aux chevaux, bien qu'officier de cavalerie, du moins le prétendait-il. Comment le croire? Ces Européens sont tellement menteurs. «Encore plus que nous...»

Les jours, les semaines passent, il tarde toujours. Comment vivre sans *Leili*? Ses familiers voient grandir une dépression fatale et Ranjit s'impatiente:

«Je te serais reconnaissant de ne plus tarder.»

Et encore:

«Il y a aujourd'hui trois semaines que tu annonçais le départ de *Leili*. Où est-il? Se serait-il perdu?»

Enfin:

«Le chevalier Ventura sera demain à Peshawar et prendra livraison de *Leili*.»

Ventura surgit le lendemain avec deux cents hommes de la Légion, précédant d'une heure le courrier qui annonçait sa venue et n'avait pas traîné en route.

«Chevalier! Quelle surprise! s'écrie gaiement Yar Mohammed tandis qu'un poignard lui perce le cœur.

— Je viens chercher *Leili*.

— Il vous attend. Je vais vous conduire», reprend-il avec une fermeté héroïque.

Ils sont à la porte de l'écurie quand...

«Monsieur le Gouverneur!»

Un officier hors d'haleine se permet de l'apostropher à l'instant où il tourne l'énorme clé dans la serrure gigantesque de la porte monumentale.

«Pourquoi me déranges-tu?

— Ils sont là.

— Qui?

— Les Barelvi. On leur a ouvert une porte.

— Combien sont-ils?

— On m'a dit un millier...

— Où sont-ils?

— Ils ont dépassé la mosquée de Cristal.»

C'était à moins de dix minutes.

Il se tourne vers Ventura.

«Pourriez-vous faire quelque chose?

— Oui, Monsieur le Gouverneur. »

Ventura dit au messager :

« Tu vas me guider. »

Une flamme d'orgueil jaillit du regard de l'homme arrivé plein de terreur.

« Je vais avec vous, dit Yar. Je laisse la clé dans la serrure, vous trouverez *Leili* de l'autre côté

— Nous le trouverons ensemble de l'autre côté, Monsieur le Gouverneur.

— J'en doute », dit Yar Mohammed.

On ne le revit plus vivant. Sa mort reste mystérieuse.

Certes on en connaît la cause : un coup de mousquet à bout portant. Il tomba tué net la poitrine crevée, mais personne ne le vit tomber. La nuit était très noire, la poussière du combat l'épaississait encore. Les agresseurs étaient déjà en fuite. L'un de leurs poursuivants, brigadier de la Légion, avait trébuché sur le cadavre chaud, son pied glissant dans le sang.

Il s'était effondré sur lui – « contact horrible », dit-il durant toute sa vie. S'étant relevé, il avait retourné le corps et reconnu le gouverneur qui n'était pas mort depuis cinq minutes.

On se demanda aussitôt comment il s'était trouvé seul en pointe aux trousses d'ennemis qu'il ne pouvait espérer rejoindre : il était âgé et lourd, et jamais on ne l'avait vu courir sus à qui que ce fût, il était beaucoup trop prudent.

On ramassa le mousquet à quatre pas de là. Le tireur l'avait jeté pour courir plus vite. Quel tireur ?

Très vite on affirma qu'il avait cherché la mort, ne pouvant supporter de survivre à la perte de *Leili*. L'hypothèse était plausible mais ne jetait aucune lumière sur les circonstances.

On affirma aussi qu'il avait lui-même calé la crosse du mousquet contre le sol, appuyé le canon contre son cœur et pressé la détente du gros orteil de son pied gauche. Se pouvait-il que le mousquet ait sauté si loin de lui ? Rien n'était sûr. On en fit plusieurs chansons. Le mystère demeure. Quoi qu'il en soit, perdant la vie, il y gagna la fin des remords qui la lui rendaient invivable et que *Leili* seul apaisait.

La thèse du suicide, familière aux populations, toujours romantiques, d'Asie centrale, ne cessa de se répandre, portée par les bardes dans les tentes et les yourtes les plus lointaines. Elle y traîne encore aujourd'hui.

Leili est à Lahore, somptueusement logé. Ranjit va le voir tous les jours, voyant en lui son porte-bonheur, comme avant lui Yar Mohammed… mais après lui ?

Il se pose la question : *Leili* a sept ans, pourrait vivre encore quinze ans, sinon plus. Il se voit mal lui-même aller si loin car, depuis quelque temps, ses forces le fuient, encore discrètement, mais le mouvement va s'affirmer. Il ne se sent pas bien.

23

Ranjit est fatigué. 1830 commence. En France, les Bourbons s'en vont pour toujours. Au printemps, les Pachtouns reparaissent devant Peshawar. La Légion, flegmatique, s'ébranle de Lahore pour s'en occuper, avec Allard – sans sciatique – et Claude-Auguste Court. Dix jours plus tard, de nouvelles flottes de cadavres parviennent à l'Indus, sous les remparts d'Attock : trois jours plus tôt les batteries flambant neuves de Claude-Auguste avaient fait leur travail.

Prévenus, les émirs avaient manœuvré. Retenant la leçon qu'ils avaient reçue deux ans auparavant, ils avaient pendant la nuit contourné ces batteries pour les surprendre à l'aube. Mais ils avaient été observés. Allard, cette fois présent, avait fait virer les canons de cent quatre-vingts degrés.

À l'heure choisie, comme la veille, ils faisaient toujours face aux Pachtouns, les lorgnant de leur regard borgne, flanqués des mêmes dragons que deux ans plus tôt…

Les Afghans ne le cèdent en rien aux Germains de Tacite. Ils se ruèrent sur les pièces.

Les obus à mitraille détruisirent sans trembler leurs colonnes téméraires. Les dragons s'occupèrent des restes.

On transporta les blessés dans les grandes tentes où ils mourraient au moins à l'ombre, un peu distraits de leurs souffrances par le murmure de la rivière, qui sans doute évoquait pour eux les ruissellements des fontaines du Paradis.

Allard alla les visiter.

S'y pratiquaient surtout des amputations à vif. La consommation d'opium pour apaiser les opérés était considérable, mais l'opium était ici la chose du monde la mieux partagée. Personne ne se plaignait. Les guerriers hors de combat étaient sages comme des images, suivant de leurs yeux brillants l'étranger – cause unique de leur malheur – qui les passait en revue, admiratif et consterné. Consterné que tant de beaux hommes se soient perdus pour rien, et admirant leur bravoure.

Les hôpitaux et infirmeries qu'il avait fréquentés en Europe étaient moins silencieux.

Ranjit fut aux anges. Ses pertes étaient infimes. Mieux que jamais l'armée sikhe demeurait invaincue.

Une fois de plus, les Anglais lui expédièrent d'hypocrites félicitations, non pas la mort dans l'âme – ils restaient maîtres du jeu – mais fortement contrariés : jusqu'où donc la connivence entre le roi de Lahore et ses maudits Français repousserait-elle l'annexion du Penjab ?

24

La suite n'arrangea rien pour Londres. Le Barelvi s'affaiblit lui-même, renforçant encore Ranjit.

Il irrita son principal allié, Sayed Akbar Yusufzai, qui était l'émir principal de la grande tribu du même nom, battue jadis à Naushera. Cela pour une question de femmes, chose inouïe venant d'un si grand sage. Alors qu'ils s'étaient accordés pour répartir entre leurs contingents, très également, sans aucune acception de personne, les captives qu'ils rafleraient outre-Indus, le Barelvi prétendit les réserver à des seigneurs amis.

Sayed Akbar ne pouvait l'admettre : son pouvoir n'y eût pas tenu. Il rompit et rentra chez lui. Le Barelvi vit son armée diminuée des deux tiers et, chose bien plus grave, sa réputation de sainteté, qui était sa force principale, souffrit terriblement d'une prétention d'autant plus aberrante qu'il avait voulu vendre la peau de l'ours vivant. Car il n'avait pas passé l'Indus au-delà duquel les belles convoitées résidaient, insouciantes non sans raison, à l'ombre de la Légion.

Les Anglais furent consternés.

L'affaire *Leili*, bien que scellant la domination sikhe, ne les avait pas démontés : un royaume pour un cheval, c'était pour eux un lieu commun depuis Richard III. En revanche, ils attendaient de Sayed Ahmed une pression permanente sur Ranjit pour bloquer son ascension. Ainsi, le moment venu, l'annexion du Penjab, future perle du *Raj*, ne serait pas trop coûteuse.

À Calcutta, les dépêches que reçut le gouverneur général William Bentinck lui gâchèrent les vacances qu'il s'apprêtait à prendre à Simla. Il dut rédiger pour Whitehall des rapports nuancés confirmant, pour la dixième ou vingtième fois, que le Penjab ne serait pas une proie facile.

L'hypothèque Sayed le Grand ne sera levée qu'en 1831. Avec ses derniers partisans, quelques milliers de fanatiques, il écumait les piémonts de l'Himalaya, appliquant la charia partout, méprisant les croyances de populations qui n'étaient pas toutes musulmanes, tyrannisant même ses coreligionnaires. Or il n'avait plus les moyens de cette intransigeance et la soumission ne fut jamais le point fort des montagnards du Cachemire.

Ravageant la zone des collines qui flanquent les points culminants du monde, détesté des croyants qu'il jugeait hérétiques, tièdes ou défaillants, et qu'il frappait de pénitences exorbitantes, craint de tous, il n'avait pas toujours le dessus. Les forteresses dont la région était quadrillée – zone frontière disputée depuis toujours – lui résistaient d'autant mieux qu'il n'avait rien du matériel nécessaire à les assiéger. Ses échecs l'exaspéraient, Peshawar l'obsédait toujours.

Il descendait de loin en loin de ses repaires, en coup de vent, lorsque les régiments «français» de Ranjit, ne pouvant pas être partout, étaient ailleurs, pour montrer aux Peshawaris qu'il n'était pas mort et qu'ils ne perdaient rien pour attendre.

Allah le Miséricordieux l'exauça enfin. Il s'empara de Peshawar en août 1830, quelques jours après la chute de Charles X à Paris. Sans combattre; ses amis de l'intérieur lui en avaient ouvert les portes.

Deux mois plus tard, un soulèvement l'en chassait à jamais. Son fanatisme avait braqué une population pourtant islamique aux quatre cinquièmes ; la charia selon le Sayed l'avait excédée. Dès octobre, en une journée, elle massacra ses représentants. Lui-même s'enfuit de justesse.

Surpris l'année suivante dans les collines de Balakot par un sirdar ami d'Allard, il fut exterminé avec sa bande.

25

« Les Anglais ne sont pas contents, dit Ranjit.

— On les comprend, dit Allard.

— Claude Martine Wade est venu me féliciter, reprit Ranjit. De l'air le plus sincère, il m'a dit : "Grâce à vous, Majesté, les paysans des piémonts vont pouvoir respirer. Vous êtes un artisan de paix que l'Angleterre est fière de compter parmi ses amis, m'a dit Lord Bentinck qui prépare une dépêche pour vous le dire mieux que moi." Qu'en pensez-vous ?

— Que le capitaine Wade sait son métier, dit Allard.

— Vous voulez dire bon diplomate ?

— Cela même, Majesté. »

Lord Bentinck était gouverneur général de l'Inde anglaise, siégeant à Calcutta ; Wade était au Penjab son représentant principal.

Dès les débuts de Ranjit Singh, à l'aube du XIXe siècle, Londres, via Calcutta, dépêchait au Penjab l'élite de ses agents pour surveiller le phénomène qu'on allait appeler le « Lion du Penjab ».

Les « Français » ne furent pas oubliés. Claude Martine Wade les avait toujours cultivés. Il alla plus loin, les couvrant notamment de ces fameux châles *pashmina*, les plus doux du monde, qui étaient et sont toujours le produit le plus précieux des Indes; Lahore en avait le monopole depuis l'annexion du Cachemire.

Ce n'était pas corruption le moins du monde. Les Français cependant pourraient vendre en France, contre des fortunes, ceux que leurs femmes auraient dédaignés.

Wade alla plus loin : il reçut à dîner les anciens de la Grande Armée. Invitation exceptionnelle car privée, dans l'intimité. Il avait à leur parler.

Les «Quatre» furent régalés de portos somptueux, de puddings délectables et de grands bordeaux – Yquem 1805 et Lafite 1815 –, millésimes auxquels leur hôte les supplia de ne pas voir malice, bien que 1805 rappelât Trafalgar et 1815 Waterloo.

«Le destin a voulu que je n'en eusse pas d'autres en cave. J'ai hésité et je me suis dit que les relations étaient aujourd'hui excellentes entre nos deux pays. Le roi Louis-Philippe est personnellement lié à la famille royale... Puis la chute de Napoléon ne l'a pas desservi.»

Allard répondit qu'il n'y avait pas de mal, qu'en effet la France et l'Angleterre n'avaient jamais été aussi proches, que le passé était le passé, que les défaites étaient autant de leçons et que «ce qui ne vous tue pas vous rend plus fort». Citation ronflante d'un auteur encore à naître qui sera galvaudée jusqu'à l'insignifiance.

Des Quatre, les deux Italiens furent ceux qui se rembrunirent le plus.

Mrs Wade était présente, seule femme de la compagnie. Il était rare en Inde à cette époque qu'une maîtresse de maison fût européenne. Il y avait peu d'Anglaises sur place; la plupart des épouses étaient laissées en Angleterre. Le climat et les enfants étaient les principaux motifs de ces séparations. Le premier était meurtrier et l'éducation des seconds en Inde était impossible.

Trop de complaisance risquait d'y entourer les rejetons des dominants – que les Britanniques étaient bien obligés d'admettre qu'ils étaient – et de les gâter à jamais. D'innombrables serviteurs les flatteraient jusqu'à les pourrir. En feraient des incapables, esclaves de leurs caprices, perdus pour le Royaume-Uni et la grandeur de ce qu'à Londres on commençait d'appeler l'Empire.

Évidemment, la plupart des fonctionnaires britanniques mutés à Golconde ne travaillaient à convaincre leurs épouses de rester chez elles que pour s'en libérer. Se plonger tranquilles là-bas dans les délices d'une domination toujours plus étendue, où leur statut leur valait toutes sortes de facilités étrangères et supérieures au bonheur conjugal.

Écossaise des Highlands, Mrs Wade l'était superlativement : blond cendré, d'une pâleur lumineuse éclairée de longs yeux glauques indéchiffrables, elle sortait d'un roman de Walter Scott et parlait un français parfait d'une voix mélodieuse sans doute exercée le long des lochs en plein air et par grand vent : si bas qu'elle parlât, on n'en perdait pas une syllabe.

« Avez-vous rencontré l'Empereur ? demanda-t-elle à Allard, assis à sa droite, Avitabile à sa gauche.

— Une seule fois, Madame, au Carrousel, à l'occasion de la revue qui suivit ce retour de l'île d'Elbe qui a si mal fini. »

On glissa sur ce passé délicat. On se projeta dans l'avenir. L'amphitryon s'intéressa aux projets de ses invités, avançant même des propositions.

À Londres, dit-il, on parlait souvent d'eux, en des termes très flatteurs. Si un jour les circonstances faisaient qu'ils se trouvent libres – sans que cette liberté impliquât la moindre distance d'avec le roi de Lahore –, l'Angleterre serait heureuse d'enrôler leurs compétences.

Ce n'était pas faux.

« L'Inde est grande, conclut Wade, il y a ici de la place pour tous les talents.

— En Inde, à la Compagnie », releva, très neutre, Avitabile.

Son air sauvage, son regard noir, ses traits romains – romains de la République – et sa réputation de férocité avaient fasciné la maîtresse de maison jusqu'à la faire, oh, brièvement, se détourner d'Allard et de sa droiture plus souvent que ne le commandait l'équilibre des attentions dues à sa gauche autant qu'à sa droite.

Elle s'éclipsa après le dîner selon l'étiquette britannique et jamais ne revit le troublant Napolitain.

Les hommes s'installèrent avec des cigares et des alcools sur la terrasse d'un salon qui dominait à l'ouest la plaine de Lahore noyée dans une nuit rendue indécise par une lune énorme qui faisait ressortir dans la semi-obscurité la rivière Ravi. La masse de ses eaux resplendissait fugitivement sous la lumière ambiguë de la reine de la nuit.

De grands poissons chassés par d'autres plus grands encore en trouaient la surface et retombaient dans l'eau avec de grandes claques dont le son mat montait jusqu'à eux malgré la distance considérable, n'ayant gagné au mieux que trois ou quatre secondes sur leur destin qui était d'être mangé.

À part ça, le silence était total. Aucun feu n'était visible jusqu'à l'horizon gris. Ils pouvaient se croire seuls et n'y manquèrent pas, fumant silencieusement, soulagés de la présence de leurs semblables, savourant de pouvoir être eux-mêmes, tels que l'Europe et leur naissance les avaient façonnés, si différents des populations qui dormaient à leurs pieds ; contemplant stupidement, croyant penser, sans même rêver, les volutes bleues des fumées cubaines qu'ils exhalaient religieusement, hors du monde.

Étrangers privilégiés par leur étrangeté même. Européens. Produits inconscients d'une société organiquement expansionniste, irrésistiblement entraînée par un développement matériel continu, devenu naturel depuis deux siècles au moins et accepté comme tel avec une simplicité touchante dans le monde entier.

Accepté par ses bénéficiaires d'abord et même par ceux qui en profitaient le moins, sans compter ceux qui en étaient victimes. Sans doute, les uns et les autres – profiteurs et victimes – espéraient que ce progrès finirait par faire tache d'huile et les emporterait eux aussi vers un sort meilleur. Sans pour autant s'interdire, aussi naturellement que les profiteurs jugeaient naturels leurs profits, de songer à se révolter.

«Vous sentez-vous ici chez vous ?» demanda enfin Claude Wade à ses invités.

Allard dit *oui*, Ventura aussi ; Court dit *quelquefois* ; Avitabile dit *non*, il préférait Capri.

« Et vous ? demanda Allard.

— Pas du tout », dit l'Anglais.

Il passerait trente-huit ans en Inde.

26

Ce n'était pas tout que rêvasser entre Européens dans l'accablement d'un luxe inaccessible en Europe, le Penjab victorieux depuis trente ans restait inachevé.

« *Vous n'avez encore rien fait tant qu'il reste encore à faire* », avait dit à ses soldats le Premier Consul, jadis, en Italie. Ranjit une fois de plus le cita, ajoutant :

« Je ne vais pas laisser mon armée sans rien faire ; sans rien faire elle se déferait et toutes vos peines seraient perdues. Elle coûte plus cher en paix qu'en guerre. Nous avons déjà examiné tout cela. Bref, il faut l'occuper. J'ai des idées, mais j'aimerais connaître les vôtres. Que proposez-vous ? J'aimerais ne pas traîner. Je suis fatigué. Je sens que le temps me manquera bientôt. »

Allard répondit, soutenu par les trois autres.

« À Dieu ne plaise, Majesté.

— Mais encore ? dit Ranjit.

— Je vois deux axes, Majesté. Deux axes de progression.

— Lesquels ?

— Le Sindh et... Oserai-je le dire ?

— Je vous l'ordonne.

— L'Afghanistan.

— Le Sindh et l'Afghanistan. Vous lisez dans mes pensées.

— Je ne fais que répéter ce que vous avez bien voulu nous communiquer, Majesté.

— Vous savez ce que je pense de l'Afghanistan. Quant au Sindh, oui; nous en parlions encore la semaine dernière. Le Sindh, c'est l'Indus et l'Indus, c'est la mer. Les Afghans, qu'irions-nous faire chez eux? Ces tribus enclavées... »

Il disait « les Afghans », rarement « l'Afghanistan », n'y voyant pas une nation, au mieux une expression géographique.

Qu'aller faire là-bas?

Allard et Ventura lui avaient plusieurs fois vanté l'intérêt d'intimidations, qui pourraient être périodiques, au-delà de l'Hindou Kouch. Incursions limitées dans le temps qui n'offenseraient pas les principes du Guru Nanak.

Ces promenades, militaires mais pacifiques, amicales même, pourquoi pas? inculqueraient peut-être aux Afghans un commencement de sagesse...

Ils ne cachaient pas que ces va-et-vient pourraient quelquefois dégénérer en affrontements, vu le tempérament des tribus, mais, « leur résultat étant certain, l'intimidation recherchée n'en serait que plus... »

Allard cherche le mot.

« *Démonstrative*? propose Ventura.

— Démonstrative, oui... oui... approuve Allard.

— *Persuasive*? » lance Ranjit.

Allard s'exclame :

« C'est cela, Majesté. Persuasive! »

On ne risquerait donc rien à lancer là-bas, de temps à autre, une colonne volante qui parcourrait telle province ou telle autre, imposant à leurs populations sauvages sans violence ou le moins possible la certitude de la supériorité sikhe. Sans violences ni pillages, ni surtout prosélytisme, en Sikhs exemplaires.

« Quel dommage qu'ils ne sachent pas se tenir tranquilles... dit Ranjit, mélancolique.

— Ils sauraient peut-être, Majesté, observa Ventura, mais ils ne veulent pas. C'est l'islam. L'islam prosélyte...

— Oui. Le prosélytisme est une plaie, approuva Ranjit. Nous l'avons toujours interdit, nous autres Sikhs.

— Si je puis me permettre, Majesté, nous autre juifs n'avons jamais favorisé les conversions, dit Ventura.

— Et les Khazars ? releva Allard qui pouvait être taquin.

— Les Khazars se sont convertis en masse sans que nos rabbins aient rien fait pour ça. Fallait-il les repousser ?

— Qu'importe, dit Ranjit, vous êtes restés entre vous et nous avez montré la voie. » Amabilité formidable.

« Nous n'aurions pu vous la montrer, Majesté, si nous n'avions été choisis, dit Ventura.

— Par le Seigneur ?

— Lui-même. »

Ranjit sourit, hocha la tête, reprit :

« Les musulmans se consument en rêves de domination mondiale, refusant farouchement de considérer l'état des lieux. Ainsi ils se paralysent. C'est dommage, encore une fois... »

Il se tut.

« C'est à moi, reprit-il enfin, de relancer la conversation. Vous ne me proposez donc pas d'avaler l'Afghanistan, mais de m'y promener dissuasivement de temps en temps ?

— C'est cela, Majesté. Mais si vous vouliez l'avaler, vous le pourriez.

— Autre chose serait de le digérer. Nous pourrions aller à Kaboul et à Kandahar. À Hérat, peut-être, pourvu que Mirza, que nous aimons, n'y soit pas. Et après ? Je vais vous le dire. Nous aurions tous les Afghans sur le dos avec une guerre sans fin. Je veux bien aller jusqu'à Khyber, pas au-delà. Laissons-les s'expliquer entre eux jusqu'à la fin du monde. Quant à se promener chez eux, nous en parlerons une autre fois. Vous me trouvez faible. Je crois n'être que prudent. Et je suis l'enseignement du Guru Nanak. Le Sikh se défend toujours, mais n'attaque jamais.

« Et je vais le dire autrement : pourquoi aller chez les Afghans puisqu'ils viennent chez nous ? Leurs descentes sont des aubaines. Ils procurent à vos régiments un entraînement incomparable. Je ne dirai pas sans fatigues, mais elles n'ont jamais été excessives et elles sont glorieuses. Je prie souvent pour que ça dure.

« Grâce à vous d'abord et grâce à eux, mon armée est la mieux entraînée d'Asie et, grâce à eux seuls cette fois, elle ne peut pas se reposer sur ses lauriers. Ils nous tiennent éveillés, cela n'a pas de prix. Sans les Afghans, nous ne serions rien. Nous aurions vivoté dans une félicité trompeuse et les Anglais nous auraient déjà mangés.

— Oui, Majesté. »

Qui avait parlé ? Ils pensaient tous la même chose, avaient sans doute parlé ensemble et leurs voix s'étaient mêlées pour n'en former qu'une.

« Vive les Afghans ! » finit Ranjit.

Il demanda du champagne. La divine Veuve apparut, millésimée 1821, l'année de la mort de l'Empereur.

« Nous allons boire à l'Empereur comme s'il était vivant. Ne l'est-il pas toujours pour nous ?

— Pour toujours, dit Ventura. Et nous ne sommes pas seuls.

— À l'Empereur ! dit Ranjit, levant son verre à l'occidentale. Qu'il nous inspire ! »

Après s'être essuyé les lèvres, il revint à leur débat :

« De vos deux axes, chevalier Allard, je retiens le Sindh. L'Afghanistan est un cul-de-sac et le Sindh est le grand large. »

La question du Sindh pouvait être réglée à la fin de l'année, croyait Ranjit, sans désobéir au Guru Nanak, sans verser de sang sinon très peu. L'opposition serait anecdotique.

Il espérait seulement que les Anglais n'y penseraient pas. Le Sindh – si loin de Calcutta, désertique au-delà de l'Indus, afghan *de jure*, musulman de peuplement, de fait laissé à lui-même, à des émirs apathiques sinon pour s'affronter. Puis le Sindh faisait tampon avec cette Perse dont Londres se méfiait tant, « comme mon Penjab lui-même avec les Afghans... »

Mais les Anglais pensaient à tout, pensaient au Sindh autant que Ranjit et dans les mêmes termes.

L'Indus ne pouvait pas les intéresser moins que lui. Navigable via la Chenab et le Ravi jusqu'à Lahore, artère capitale entre l'Himalaya et la mer d'Arabie ; frontière naturelle entre l'Hindoustan instable et le bouillonnant monde musulman. Comment l'auraient-ils ignoré ?

Le Sindh, à l'ouest de l'Indus, bordait la Perse et finissait à la mer – la mer d'Arabie, peu importe son nom, la mer est une et indivisible.

Ranjit Singh n'avait jamais vu la mer. Il en rêvait très fortement. Se rêvait devant des flots qui baignaient le monde et le lui auraient ouvert. Le Penjab serait l'Angleterre de l'Orient.

27

La Perse était hors jeu. Abbas Mirza – autrefois protecteur d'Allard et de Ventura passant par Ispahan –, qui avait incarné tous ses espoirs de relèvement, était mort devant Hérat. Malgré l'estime qu'il lui portait, Ranjit à cette nouvelle se félicita : le Sindh, son nouveau Graal, lui tendait les bras.

Il contrôlait déjà, dans sa partie nord, la rive droite de l'Indus. L'occupation, l'annexion, la possession du Sindh lui donneraient le contrôle de l'Himalaya à la mer…

L'Indus dans son cours moyen était ce que furent longtemps pour Rome le Danube et le Rhin : la frontière capitale de l'empire que son franchissement par trop d'étrangers fera disparaître.

Dans son cours inférieur, il est le Nil de l'Hindoustan.

Le Sindh lui ouvrirait la mer tant convoitée. Il se voyait descendant l'Indus dans un bateau doré, sous grand pavois, débouchant triomphalement dans l'estuaire immense, escorté de millions d'oiseaux dont le tintamarre assourdissant serait pour lui le plus suave des hymnes de bienvenue.

Le Sindh changerait tout, autoriserait tous les espoirs. Le Penjab deviendrait puissance maritime.

Depuis sa plus tendre jeunesse il déplorait l'enclavement

de son pays, ayant toujours pensé que la disposition d'une flotte consacrait les vrais pouvoirs. Les pouvoirs mobiles, ouverts au monde, ouverts aux autres, curieux du monde et de ses richesses.

Les Anglais étaient venus par là ; les Français, les Hollandais, les Portugais aussi. Les Chinois s'étaient montrés jadis en Inde avec des jonques énormes qui avaient émerveillé les populations qui en parlaient encore, puis on ne les avait plus vus, se rappelait souvent le Lion du Penjab. Peut-être se concentraient-ils pour revenir, revenir pour de bon... Les Chinois mystérieux, constructeurs d'une muraille incommensurable à toutes les bâtisses d'ici-bas.

Ranjit allait plus loin. Vrai chef d'État, dépassant par la pensée ses frontières, il méditait sur les migrations, comparant les terrestres et les maritimes. La curiosité inextinguible de celui que Victor Jacquemont, le botaniste trop tôt disparu – qui apparaîtra bientôt dans ce récit –, appelait le « seul Indien ouvert au monde », lui avait permis de savoir que les migrations terrestres n'apportaient que saccages et désolation. Tandis que les maritimes perfectionnaient l'humanité.

Les premières mobilisaient des masses énormes de candidats au bonheur susceptibles de submerger de grands morceaux de continent, ce que les indigènes, trop humains sans doute, ne supportaient guère, n'étant pas tous chrétiens (et, même chrétiens, y résistaient). Batailles, massacres, asservissements, rancœurs inextinguibles.

Car il n'est pas du tout naturel de donner sa tunique après son manteau, ni même de tendre la joue droite après la gauche. D'où tant de destructions navrantes, démolitions de monuments, vandalismes successifs, appauvrissements d'un genre humain qui pourtant, obscurément, est conscient de ce qui lui manque, et qui se trouve à sa portée. S'aimer les uns les autres ne coûterait rien et rapporterait beaucoup, Ranjit en était étrangement persuadé.

Les immigrants terrestres ne peuvent avancer qu'armés, comme les Huns d'Attila ou les Romains de César, pour réduire les résistances de ceux qu'ils prétendent au moins côtoyer, sinon remplacer, pour accéder au bonheur.

Pour Ranjit, les expéditions maritimes avaient un grand avantage sur les vagues destructrices des peuples en marche sur le plancher des vaches. Les plus grands navires contiennent peu de monde. Les plus grandes flottes ne peuvent transporter que des armées réduites, incapables d'occuper des espaces importants, incapables d'exterminations. Les marins, toujours très inférieurs en nombre aux indigènes chez qui ils débarquent, sont tenus, au moins dans les premiers contacts, à des courtoisies, des politesses, des délicatesses, des amabilités qui, pour n'être souvent hélas que de précaution, adoucissent les rapprochements.

Il est rare dans l'histoire du monde, se disait Ranjit depuis sa jeunesse, que de nouveaux débarqués entreprennent incontinent le massacre des populations autochtones.

Bien sûr, il y a les pirates. Il y en a toujours eu. Mais les pirates n'ont jamais pu fonder de vraies puissances. Pompée le premier a démontré la faiblesse fondamentale des forbans les plus féroces, incapables de s'organiser en escadres pour tenir tête aux défenseurs des lois. Les Vikings et les Barbaresques, si redoutables qu'ils aient pu être, avaient prouvé leurs limites.

Ranjit savait qu'on pouvait lui opposer le sort lamentable des peuples d'Amérique aux mains des conquistadors et pèlerins divers débarqués chez eux. Mais il pouvait répondre que si les Espagnols et les Portugais en Amérique du Sud, les Anglais devenus Américains en Amérique du Nord n'étaient pas de bons exemples, s'étant certainement très mal conduits envers les indigènes et continuant sans aucun doute – le Sikh sincère qu'était Ranjit ne pouvait en juger autrement –, les Indiens du Nord étaient si peu nombreux et leur démographie si timide, qu'ils laissaient vide l'essentiel d'un immense territoire. Et les Indiens du Sud, Aztèques, Incas, Guaranis… l'étaient assez pour absorber ou rejeter, à leur guise, lui semblait-il, les quelques envahisseurs qui, en dehors de quelques villes dont la plupart étaient des ports, étaient disséminés dans un territoire gigantesque. Ils n'avaient pas voulu. Ils s'étaient laissé faire. Tel avait été leur choix.

Ainsi raisonnait l'empereur sikh au début du XIXe siècle pour toujours revenir à son rêve maritime, fondé sur ce constat : la mer dépasse la terre puisqu'elle la contient et que tout en est sorti.

S'il pouvait prendre pied aux bouches de l'Indus, il s'ouvrirait le monde. Il ferait comme Pierre le Grand. Il embaucherait en Europe – en Europe, toujours, mais que faire d'autre, en attendant ? – des ingénieurs et des charpentiers de marine, construirait une flotte, fonderait une école navale…

Ranjit rêvait toujours.

Il rêvait loin comme tous les grands hommes, et beaucoup de ceux qui le sont moins ou très loin de l'être.

Rêvant toujours avec cette précision des borgnes, dont l'œil unique concentre tous les rêves comme deux yeux ne peuvent faire, tirant toujours plus ou moins à hue et à dia, quoique feignant de s'accorder parfaitement.

Il rêvait qu'un jour ses escadres réduiraient les anglaises en fétus, remonteraient la Tamise, arriveraient à Londres, comme avaient fait Ruyter et Tromp, les amiraux hollandais du XVIIe siècle de l'ère européenne dont il avait étudié les biographies. Et on verrait ce qu'on verrait.

Rien d'affreux. Rien que de sage et de mesuré. Comme ferait Guru Nanak, le juste, le tolérant, s'il ressuscitait.

Car les Anglais étaient très estimables, on leur devait beaucoup, il faudrait les respecter. Ils étaient persévérants. C'étaient des hommes de longs desseins. On les respecterait. Ils éprouveraient les bienfaits d'un gouvernement sikh. Le monde entier ne s'en porterait que mieux. On les associerait à ce gouvernement, veillant toutefois à les empêcher de le phagocyter.

Ce rêve était le plus beau qu'il pouvait faire, le seul qu'il ferait toujours, étant inaccessible, au contraire de tous les autres qui l'avaient visité, qu'il avait tous accomplis ; quand ils ne s'étaient accomplis d'eux-mêmes, sans qu'il y fût pour rien, par grâce insigne.

Il le savait inaccessible; aussi, de tous ses songes, il était celui qu'il cajolait le plus. Le rappelant quand il était triste et ne dormait pas. Les rêves accourent à la demande quand on est malheureux; il suffit de penser à eux.

Il fermait l'œil – c'est plus facile que d'en fermer deux – et sa nuit morose se peuplait de vaisseaux splendides, magnifiques et redoutables, hérissés de canons infaillibles servis par des canonniers surhumains. Ils crevaient les murs de la Tour de Londres qui suintaient d'ignominies et la rendaient quasi pure à l'humanité.

Ses Français le voyant l'œil vague le savaient ailleurs et respectaient ses distractions, sachant qu'elles lui fortifiaient le moral et qu'il en tirait des idées souvent excellentes.

28

Quand Ranjit releva la tête, émergeant de ses pensées, Allard parla :

« Il y a une autre objection à l'incorporation du Sindh dans l'empire, Majesté. Si j'ose vous la soumettre, c'est que vous vous l'êtes déjà faite.

— Dites, chevalier Allard.

— Qui trop embrasse… N'en avez-vous pas assez à tenir en respect ?

— L'objection est sérieuse », dit Ranjit.

La réunion du Sindh à l'empire sikh en augmenterait notablement la population islamique, déjà majoritaire au Penjab, délicate à administrer. Le *djihad* de Sayed Ahmed y avait réveillé de grandes espérances.

Çà et là, en plein Penjab paisible, entre l'Indus et le Sutlej, où tout le monde vivait en paix, des prédicateurs allumés avaient déclenché des émeutes que les *akalis* avaient aisément réprimées avec la sauvage fermeté qui les faisait frères, frères ennemis d'autant plus proches, des *ghazis* d'Afghanistan qui ne pouvaient supporter que l'on ne fût point musulman, eux-mêmes supportant mal que l'on ne fût point sikh.

Étrange que la religion sikhe produise ces paroxysmes alors que ses fondements les prohibaient absolument. Les religions, décidément, alimentent les mêmes folies dans l'ensemble du genre humain, observait Ranjit, déçu.

Comment des sikhs – les *akalis* – pouvaient-ils imiter leurs persécuteurs ! Haïr celui qui est différent ? Les religions ne peuvent-elles rien contre la nature ?

Son obsession de l'Angleterre l'ancrait dans ces réflexions. Car la religion était pour lui, chef d'un État fondé sur une foi, au cœur de la question principale.

C'était la grande énigme de la supériorité occidentale, dont l'Angleterre en Inde était l'exemple. Exemple et aussi émanation inévitable : les îles sont condamnées à vivre de la mer. De la mer et par la mer. La taille de cette île – la plus grande d'Europe – en avait fait le premier agent de cette supériorité matérielle occidentale qui insultait le monde entier depuis deux cents ans.

L'Angleterre, périssable, était en Inde le délégué de la puissance, transitoire aussi, qui fermentait dans toute l'Europe. Pour combien de temps ? se demandait-il, héritier conscient d'une civilisation bien plus ancienne que celle de cette Europe qui aujourd'hui la dominait.

La puissance est vagabonde. Ranjit lui-même avait vécu l'effacement des Moghols, passés si vite de Grands Moghols à Moghols tout court, autrement dit Petits Moghols.

Cette supériorité, d'où venait-elle ? Voilà ce qui importait. Il s'était peu à peu persuadé qu'elle procédait d'une cause antérieure au progrès scientifique et technique. Métaphysique ?

L'Occident était tout entier chrétien, constatait Ranjit. Ses variantes – catholique, orthodoxe, protestantes – n'y faisaient rien. Elles se combattaient avec la même ardeur qu'entre eux les musulmans, avec les mêmes fortunes diverses. Ici les catholiques romains l'emportaient sur les luthériens ou les calvinistes ou les orthodoxes, tantôt c'était l'inverse. Mais, sitôt sortis de leurs aires natales, ils l'emportaient sur le monde entier. Était-ce une fatalité ?

Pourtant au XIe siècle, Saladin avait écrasé les Croisés en Palestine ; au XVe, les Ottomans avaient pris Constantinople ; au XVIIe, ils avaient assiégé Vienne, au cœur de l'Europe chrétienne, siège du Saint Empire romain germanique. Depuis…

Son expérience personnelle confirmait ses souvenirs historiques. Ils étaient trop brûlants, comment oublier? Il se battait depuis trente ans contre l'islam afghan, toujours victorieusement. Pourquoi?

«Je dispose sans aucun doute d'un certain talent pour la guerre, mais il est aussi hors de doute que seul il n'aurait pas suffi. Les Afghans ont la foi, le nombre, la bravoure, et les voilà toujours perdants. Parfois de justesse, mais toujours.

«Mes succès sont dus à l'importation de méthodes et de matériels d'Europe, inventés, fabriqués et mis en œuvre par ces Européens qui sont tous chrétiens.»

Soucieux de ne rien oublier, il n'oubliait pas l'athéisme. En Europe, l'athéisme, sans être clandestin comme en Inde, n'était guère proclamé, ce dont il se réjouissait, car l'athéisme à ses yeux était stérile: «L'athéisme n'est que négation, jamais preuve. L'athée ne sait pas ce qu'il nie… Comme le croyant ne sait à quoi il croit», concédait-il pour être honnête avec lui-même, mais non sans gêne.

Il lui coûtait de renvoyer dos à dos ces deux partis, les plaçant dans une espèce d'égalité qui le dérangeait profondément, lui croyant, mais il était honnête et savait l'honnêteté difficile. Quoi qu'il en soit, il lui semblait que croire en quelque chose était préférable à ne croire en rien, priant tous les jours pour ne pas être naïf.

Cette digression abandonnée pour ne pas y épuiser le reste de ses jours, il revenait au fond de la question: hégémonie et christianisme sont-ils liés? La puissance matérielle dépend-elle du spirituel?

«Messieurs les chevaliers Allard et Ventura, le pouvoir dépend-il d'une foi?»

Ils répondirent à l'unisson:

«Nous ne sommes pas théologiens.»

Ventura observa:

«Dans nos Livres, Majesté, le Seigneur est le Dieu des Armées.

— Il ne les mobilise guère en votre faveur…

— La question n'est pas là, Majesté.

— Sans doute, chevalier Ventura. Nous pourrons en parler une autre fois, si vous le voulez bien.

— Majesté, quand vous le voudrez.

— Pour saint Paul, dit Allard, tout pouvoir vient de Dieu.

— Pour les musulmans aussi, releva Ranjit.

— Pour vous sikhs aussi, n'est-ce pas ? osa Allard.

— Pour tout le monde en fait, trancha Ventura.

— Bien sûr ! Nous reviendrons là-dessus une autre fois. »

Là-dessus, ils se séparèrent. Ranjit avait mal à la tête.

Religion à part, la supériorité technique de l'homme blanc tenait-elle au climat tempéré, comme le soutenait ce Français, Montesquieu n'est-ce pas ? Grand esprit, lui avait-on dit, qui s'était intéressé aux Persans…

Si encore elle était générale, morale autant que matérielle, elle pourrait être supportable. Souhaitable même à certaines conditions, le Lion du Penjab allait jusque-là.

Sinon souhaitable, indiscutable. Sans qu'il y ait lieu de la contester. Elle s'imposerait d'elle-même, sans armements écrasants. Serait respectée sans s'imposer. Serait réclamée comme un bienfait. Ranjit nageait dans l'utopie d'un genre humain à la Rousseau ; il en avait conscience et la cultivait.

Le soir, quand il était fatigué – il l'était régulièrement, on l'a vu, depuis déjà quelque temps, ayant dépassé la cinquantaine, plus d'un demi-siècle d'énormes travaux physiques et intellectuels derrière lui, de fatigues inimaginables –, il s'autorisait des enfantillages. Se laissait aller à penser que le bonheur pouvait ne pas être inaccessible au plus grand nombre ; qu'il pourrait être autre chose que fugitif ; qu'il pourrait être permanent. Optimisme sublime ou seulement extravagant ?

Si lui-même était heureux, se disait-il, tout le monde pouvait l'être. Le bonheur d'un seul pouvait ne pas être le bonheur de tous ? Le bonheur de l'un pouvait ne pas être le bonheur de l'autre ? Certes, mais le bonheur existait, il en était la preuve.

« J'en suis la preuve. »

Le bonheur en soi ? Il ne voulait pas ce soir-là s'aventurer jusque-là. Il avait mal à la tête.

Rien n'était perdu. La supériorité de l'Occident, même chrétien, ne serait pas éternelle, parce qu'elle ne pouvait pas l'être. L'Angleterre passerait, le Penjab aussi, l'Inde de même et tout le reste. Demeurait la question qui l'occupait au moins autant, à sa propre surprise, que celle du Sindh.

La croyance en un Dieu fait homme et ressuscité, qu'il se gardait de juger, libérait-elle en l'être humain des facultés laissées en friche par les autres religions ?

Il se gardait de décider, estimant seulement : si Dieu existe et s'Il est tout-puissant, Il peut tout. Peut se faire homme quand Il veut, autant de fois qu'Il voudrait. Déifier l'humanité ne serait rien pour Lui...

« Dieu n'a pas de fils », affirment les musulmans. « Qu'en savent-ils ? » pense Ranjit.

Jupiter et ses compères grecs dont les pouvoirs antagonistes étaient limités, ne prenaient-ils pas toutes les formes imaginables, multipliant les croisements entre mortels et immortels ? Le grouillement des dieux hindous allait dans le même sens.

Pourquoi, se demande Ranjit, des quatre monothéismes connus, le juif, le chrétien, le musulman et le sikh – Ranjit n'excluait pas qu'il en existât d'autres, beaucoup d'autres peut-être, la terre était si loin d'être explorée complètement... –, le christianisme obtient-il ici-bas les résultats les meilleurs ? « Depuis trois siècles », précise-t-il, toujours soucieux d'exactitude. « Les plus concrets sinon les meilleurs... »

Ayant autre chose à penser, il ne cessait de refouler cette question vertigineuse, craignant le vertige, mais elle se reposait toujours.

Il craignait le vertige comme la peste depuis ses quatre ans où son père l'avait hissé sur un éléphant ivre zigzaguant sur l'esplanade de son palais – palais modeste – de Sukarchakia. Lui disant : « Mon fils, si tu supportes les balancements de cette grande bête saoule et d'une vaillance éprouvée, tu seras plus grand que les Grands Moghols. »

Et Ranjit avait réduit le mastodonte à l'aménité, se maintenant sur son dos jusqu'à ce qu'il eût cuvé son vin de papaye, dont tous les éléphants raffolent. Il en avait bu deux cents litres.

29

L'empereur et les Quatre se retrouvèrent le lendemain.

«Vous pourriez ne pas annexer le Sindh tout entier, Majesté, dit Allard. N'occuper qu'une bande de terre sur les deux rives de l'Indus. Un couloir, en quelque sorte; soigneusement fortifié jusqu'à la mer d'Arabie, avec des redoutes et des batteries qui fermeraient le passage à qui vous le voudriez.

— Exactement, chevalier Allard. Avec des canonnières pour surveiller le trafic, réprimer la contrebande, prêter main-forte en cas de conflit aux défenses terrestres. Quant aux Anglais, je leur permettrais le commerce, avec des bateaux désarmés. La police d'un fleuve régulier comme l'Indus n'est pas une tâche insurmontable. Je vais écrire à Shah Shuja.»

Shah Shuja! C'était le fameux Shuja ul-Mulk, roi déchu d'Afghanistan, chassé en 1809, par l'un de ses vingt-trois frères, Mahmoud Shah, qui avait été son prédécesseur et qu'il avait lui-même renversé...

Car l'anarchie régnait chez les princes afghans, comme chez les Sikhs avant Ranjit et comme partout ailleurs, chez les Mahrattes, chez les Moghols, chez les Rajpoutes... une anarchie permanente et convulsive qui faisait de l'Inde entière un affreux capharnaüm, splendide et misérable, et attendait sans doute un fédérateur puisque la Compagnie était venue.

Dernier survivant d'une fratrie de Caïn, n'ayant jamais accepté son éviction, Shuja ul-Mulk était l'ultime descendant de cette dynastie des Durrani qui, au XVIIIe siècle, avaient conquis le Penjab, enlevé Delhi aux Moghols et porté à son apogée la gloire des Afghans. Et il passait pour ami des Anglais.

Se rapprocher de Shuja ul-Mulk ferait donc d'une pierre deux coups.

En 1809, Mahmoud avait chassé Shuja de Kandahar quelques semaines après qu'il se fut engagé envers la Compagnie à refuser passage dans ses États «à quelque troupe que ce soit». L'accord ne prévoyait pas d'exception en faveur des troupes anglaises, c'est dire avec quel tact Calcutta s'impliquait dans les affaires locales. Admirable prudence anglaise!

Cette défense générale, purement diplomatique, ne visait qu'à prévenir la nébuleuse menace d'une invasion franco-persane imaginée par les agents britanniques d'Ispahan, obsédés jusqu'à la paranoïa par la sécurité de la «Route des Indes».

De ces Indes si précieuses à Londres, sans lesquelles, croyait Ranjit Singh, l'Angleterre après la perte de l'Amérique n'eût plus été que ce qu'elle était en fin de compte: une île moyenne bourrée de charbon, dotée d'une bonne pluviométrie, de ravissants paysages champêtres et d'une population industrieuse, sans beaucoup d'autres atouts que le christianisme incompréhensible.

Ranjit partageait de nombreux souvenirs avec Shuja ul-Mulk.

Princes tous deux, voisins, contemporains – cinq ans seulement les séparaient, Ranjit étant l'aîné –, ils avaient vécu les mêmes crises. En fait la grande crise unique qu'avait déclenchée l'ascension du Sikh dans le nord-ouest de l'Inde.

L'invasion franco-persane évoquée par les Anglais d'Ispahan n'était qu'un risque imaginaire. Une invasion franco-russe était bien plus probable, qui pouvait fort bien se dispenser de passer par la Perse.

1809 avait été l'apogée de l'Empire. Napoléon était en ce temps-là le maître de l'Europe ; le tsar lui avait juré amitié et lui-même au tsar ; tous deux étaient sincères.

Claquemurée à Londres dans son immeuble babylonien, la Compagnie britannique des Indes orientales imagina aussitôt le pire, comme son devoir l'y obligeait. Après Tilsitt, le pire était l'alliance franco-russe : Alexandre de mèche avec Bonaparte pour réduire la Compagnie à quia et l'Angleterre avec.

Depuis 1066 les Anglais imaginent toujours le pire de la France, mais cette fois, en 1809, ce pire n'avait jamais été aussi sûr.

C'était la Garde et les cosaques avançant main dans la main du Niemen jusqu'à Calcutta ! Le Petit Tondu et Alexandre visitant le Taj Mahal, main dans la main aussi, rivalisant tendrement d'érudition amoureuse, se récitant les plus beaux poèmes d'amour qu'ils connaissaient : tous deux en connaissaient beaucoup étant fort amateurs, mais le tsar là-dessus surpasserait l'Empereur parce qu'il en savait plus en français qu'en russe et que Napoléon ne parlait pas un mot de russe.

Il connaissait quelques poèmes en corse, mais s'abstiendrait de les réciter par une sorte de tact dont il n'était guère coutumier. Car l'amour en corse est plein de couteaux et en russe de colombes.

À Londres on délirait en imaginant la fin de la scène : quand Alexandre aurait fini de déclamer, aussi bien que Talma, *La Jeune Captive* d'André Chénier, il asséneraitait au Russe, le regard humide d'une émotion unique : « Sire, vous êtes imbattable. » Le Russe blêmirait, chancellerait de bonheur, les larmes lui monteraient aux yeux. Alexandre était très sensible, tout le monde le savait.

Et ce serait la fin de l'Inde anglaise.

Oui, en 1809, Londres pouvait s'inquiéter et Ranjit

aurait pu se réjouir s'il avait été vendeur de peaux d'ours vivants.

Shuja ul-Mulk maintenant âgé ne renonçait pas à remonter sur un trône qu'il voyait toujours sien. Pour l'heure c'était Dost Mohammed Khan qui l'occupait, l'émir des Barakzaï, puissante tribu depuis toujours rivale des Durrani qui les avaient évincés. Il ne rêvait que lui rendre la monnaie de sa pièce. Il fallait jouer de cette obsession.

Ranjit écrivit :

« Illustre et bien-aimé Shuja ul-Mulk, tu sais déjà depuis bien longtemps l'admiration que j'ai pour toi et que mon cœur bat pour toi plus que pour quiconque. Aussi ne m'étendrai-je pas en périphrases de courtoisie dans le style des cours que nous connaissons tous deux par cœur pour l'avoir pratiqué pendant tant d'années ; l'employant, nous ne pourrions nous regarder sans rire.

« Voilà. Le moment approche où tu pourras, si tu le souhaites comme j'en suis persuadé, retrouver le trône dont t'a privé il y a vingt-cinq ans une terrible félonie : Dost Mohammed Khan est rejeté par une grande partie du peuple afghan et tous les rapports que l'on me fait prévoient un accroissement indéfini de ce mécontentement. Je ne prétends rien t'apprendre là-dessus, sachant que tes partisans, de plus en plus nombreux, te renseignent bien mieux que je ne pourrais le faire.

« Dans ce contexte, j'ai des propositions à te faire. Nous pourrions nous rencontrer pour en discuter... »

Ils s'étaient vus à Ludhiana, en territoire britannique sur la rive gauche du Sutlej, où régnait le capitaine Wade qui le surveillait de près, entre deux visites à Lahore.

Par délicatesse, Ranjit arborait au bras droit, agrafé à sa manche entre le coude et l'épaule, le légendaire diamant Koh-i-Noor que Shuja lui avait donné pour le remercier de son accueil, vingt-quatre ans plus tôt, quand, fugitif, il s'était présenté devant lui. Le grand-père de Shuja, enlevant Delhi, l'avait trouvé dans le trésor des Moghols et l'avait emporté chez lui avec le reste.

Ce cadeau inégalable était lourd de sens. Un roi d'Afghanistan, même déchu, restait supérieur au maître du Penjab, ne serait-ce qu'en l'écrasant de sa munificence. Ranjit ne s'était pas ému de cette démonstration : le diamant était bon à prendre.

Il soumit à Shuja le projet d'un accord équitable. Il soutiendrait sans limites, financière ni militaire, le retour de Shuja sur son trône et Shuja lui conférerait autorité sur le Sindh, car, dans son malheur, il en demeurait le suzerain nominal, avec pouvoir d'investiture. Même d'un Sikh, il pouvait faire le maître officiel du Sindh.

« Il y aura des réactions, observa loyalement Shuja. Je serai critiqué. »

L'euphémisme était absolu.

L'investiture à un mécréant ferait maudire Shuja de la terre d'Islam entière. Il devrait jour et nuit se garder de tous et de chacun. À droite, à gauche, devant, derrière, dehors et dedans, de tous et surtout de ses gardes. Shuja savait assez d'Histoire pour en être informé. Il dit :

« Combien de temps aurais-je à vivre, si je t'investissais ?

— Qu'importe. Tu serais roi d'Afghanistan et tu mourrais en roi. Une belle mort, c'est quelque chose… »

Shah Shuja sourit, se racla la gorge, regarda ailleurs, enfin demanda à Ranjit de préciser son offre.

Ranjit précisa : un million de roupies et les dix mille hommes de la Légion française « jusqu'à ton retour sur ton trône ». Énorme générosité.

Shuja garda le silence. Pareille offre méritait réflexion.

Accepter ? Ignorer les assassins ? Inch Allah !

Ne pouvant rester muet longtemps, il avança :

« Ta Légion ? Avec ses chefs ?

— Sans eux, elle n'est rien. Tu auras les quatre chevaliers, Allard, Ventura, Court et Avitabile. Le temps de bien t'installer, avec une garantie illimitée d'intervention en cas de troubles. »

Le regard usé de l'exilé brilla d'une jeunesse nouvelle.

Il remercia du fond du cœur le plus généreux des princes : il lui serait suprêmement doux de redevenir son voisin. Toutefois il demandait un délai de réflexion : « Un bref délai… »

Puis il fit traîner les choses. D'abord il commanda en secret des enquêtes dont les résultats ne furent pas bons : tout accord avec Ranjit lui vaudrait la haine générale.

La tentation était pourtant si forte qu'il caressa un temps l'espérance impossible d'un ralliement massif de l'opinion afghane, qui comprendrait sa décision et reconnaîtrait sa sagesse. La sagesse de s'accorder avec Ranjit Singh, pour gagner du temps… Jusqu'à ce que vînt le moment de le remettre à sa place.

Ce retournement pourrait être provoqué par des agents que le million de roupies lui permettrait de si bien payer qu'ils ne pourraient résister et seraient eux-mêmes irrésistibles. Mais il fallait toucher le million… Et le répartir savamment.

Tout cela, reconnut-il enfin, n'était que châteaux en Espagne. Il renonça.

Un homme averti en vaut deux. Comment aurait-il oublié ?

En 1809, il s'en était fallu d'un cheveu.

À peine sèche, la signature du traité qui l'inféodait aux Anglais avait fait de lui la cible des *ghazis.*

Tous les jours, ils priaient pour sa mort, se rêvant justiciers divins. Assassins martyrs, abattus sur le corps palpitant de leur victime par des gardes enragés d'avoir manqué à ce devoir infamant de protection d'un infâme (mais c'était peut-être ces gardes eux-mêmes qui avaient frappé).

Oui, Mahmoud en le chassant lui avait sauvé la vie.

Ce n'était peut-être pas le seul motif de son acte. Ayant goûté aux délices du trône, il avait voulu en retâter. Shuja pouvait le comprendre ayant fait de même avant lui.

« Comment le blâmer ? Aujourd'hui, à quarante-sept ans, si loin de ma jeunesse, je suis moi-même récidiviste. »

Avec l'âge et les malheurs, Shah Shuja ul-Mulk avait acquis beaucoup de philosophie.

Mahmoud lui avait sauvé la vie et maintenant il était mort à cause de lui : le bruit qu'il avait fait courir après son coup d'État, que le traité signé avec la Compagnie par son frère Shuja était nul car lui-même ne l'aurait jamais signé, rumeur destinée à refroidir l'ardeur des tueurs avides de paradis, n'avait rien refroidi. Si Mahmoud, très vertueusement, avait chassé Shuja du trône, il n'avait pas dénoncé auprès des Britanniques le texte abominable, seule démarche qui, peut-être, eût calmé les fanatiques ; restée gratuite, sa réprobation n'était qu'hypocrisie. Il fallut six attentats pour en faire justice.

30

Shah Shuja se souvenait. Ce soir de décembre 1809 à Kandahar, un froid terrible dans un ciel pur avait peint un crépuscule rouge. Il était seul dans la salle du trône, à mille lieues de se douter qu'il la quitterait dans quelques minutes pour plus de trente ans. Une main s'était posée sur son épaule gauche comme il observait la dissolution dans l'obscurité montante de tous les rouges, du rose au pourpre, qu'entraînait dans le ciel à l'ouest la chute de la nuit.

Il n'avait rien entendu venir et tressaillit. C'était Mahmoud.

« Je t'ai fait peur ?

— Non. »

C'était un rite de leur jeunesse. Un prince afghan n'a jamais peur. Alors ils jouaient à se provoquer, se tendant dans les couloirs du palais des embuscades d'où ils surgissaient avec des hurlements pour se faire sursauter mutuellement, sans jamais y réussir. L'agressé, impavide, tirait le poignard qu'ils portaient tous dès l'âge de huit ans et le braquait sur son frère, et tous deux éclataient de rire.

« Il faut partir.

— Où ?

— N'importe où. Quitter le pays.

— En quel honneur ?

— Ils viennent te tuer.

— Qui, *ils*?

— Mais tes gardes. Ils sont dans la cour.»

Shuja tournait le dos à la fenêtre où Mahmoud l'avait surpris. Il n'eut qu'à se retourner et se pencher un peu. Une vingtaine d'hommes qu'il connaissait tous, méconnaissables dans la nuit, formaient dans la cour un groupe muet. Il n'avait fait aucun bruit mais ils levèrent tous la tête quand il se pencha et, sans rien manifester comme s'il n'existait pas, revinrent à leur méditation, ne pouvant pas ne pas l'avoir vu. Il n'existait plus.

«Comment sais-tu que ce sont eux? Je n'en ai reconnu aucun.

— Je le sais.

— Comment le sais-tu?

— Ils m'ont demandé de te remplacer.

— Ce sont eux qui t'envoient?

— Ils me tueraient aussi s'ils nous trouvaient ensemble. Tu dois partir par la porte d'Hérat. Elle est sûre. Une escorte t'attend. Elle sera fermée dans un quart d'heure. Dépêche-toi.

— Faut-il que je te remercie?

— Fais comme tu veux.»

Ils s'étaient embrassés fort, sachant qu'ils ne se reverraient plus.

Shah Shuja partait déjà quand Mahmoud l'interpella:

«Pourquoi donc as-tu signé avec la Compagnie?»

Shuja haussa les épaules sans se retourner.

Mahmoud Shah avait été assassiné en 1818. La grande tribu des Barakzaï, dont le chef était Fatteh Khan, son plus grand ami, l'avait deux fois aidé à prendre le pouvoir. Cette amitié l'ayant lassé d'une lassitude mortelle: il s'était débarrassé de son bienfaiteur, pour être éliminé lui-même quelques semaines plus tard. Deux de ses frères lui succédèrent, Ali Shah et Ayoub Khan. Le second tua le premier au bout d'un an et lui-même fut expédié vingt-quatre mois plus tard. Les Barakzaï excédés d'attendre l'extinction d'une dynastie qui n'avait plus d'énergie que pour s'entre-tuer n'avaient pas pu se retenir.

Les frères de Fatteh Khan s'étaient partagé le pays. Dost Mohammed, le plus remuant, émir de Ghazni, s'était emparé de Kaboul en 1826. À lui désormais le devoir de détruire Ranjit et son Penjab.

31

« Connaissez-vous Victor Jacquemont, chevalier Allard ?
— Pas du tout, Majesté. Qui est-ce ?
— Lui-même vous connaît.
— Comment cela ?
— Il est en Inde depuis deux ans. Les Anglais l'aiment beaucoup – il semblerait que tout le monde l'aime. Ils lui ont parlé de vous, vous aimant aussi beaucoup et sans attendre de vous voir, il s'est fait votre panégyriste.
— Majesté, je suis perdu.
— Je vais vous sauver. Lisez », dit Ranjit tendant copie d'une lettre adressée au gouverneur des établissements français de l'Inde, Peureux de Meslay, qui venait de s'installer à Pondichéry dans les débris de Dupleix.

« ... J'ai spécialement hâte de rencontrer le général Allard, généralissime des armées de l'empereur Ranjit Singh, écrivait Jacquemont. *Cet homme enfin qui paraissait faire tant de peur aux directeurs de la Compagnie à Londres quand j'allais leur demander un passeport... »*

« Il faut l'inviter. Invitez-le de ma part. »
Le 12 mars 1831, Victor Jacquemont, botaniste, célèbre à moins de trente ans, est reçu à Lahore.

Il était en Inde depuis 1829. Le gouverneur général William Bentinck l'avait très bien reçu, l'autorisant à visiter les parties déjà anglaises de l'Himalaya. L'invitation d'Allard le toucha au Népal, à Nako, où régnait la Chine.

Botaniste, élève et ami de Cuvier et de Geoffroy Saint-Hilaire, passionné de lettres, ami de Stendhal et de Mérimée, curieux de tout, il ne doutait de rien.

Son père, républicain sous l'Empire, néanmoins directeur de l'Instruction publique, avait été de la conspiration du général Malet. Grand garçon un peu voûté, du genre escogriffe, dont les cheveux bruns et bouclés encadraient une figure charmante, ses manières avenantes, une loyauté aussi ferme que visible lui faisaient beaucoup d'amis.

La science en lui n'avait pas tué le cœur : désespéré que la Schiassetti, chanteuse italienne en vogue à Paris, lui préférât Stendhal, il l'avait oubliée en Amérique, recommandé par Lafayette dont le nom là-bas ouvrait toutes les portes.

Il était à Hawaï quand la Société du Jardin des Plantes lui proposa une mission d'exploration en Inde. Polyvalente. Il serait géologue, paléontologue, botaniste, zoologiste et tout ce qu'il voudrait ; il avait carte blanche.

Le voici devant un Ranjit Singh avide de le questionner, sachant qu'il aura réponse à tout.

« Vos connaissances sont innombrables, me dit-on.

— On a beaucoup exagéré, Majesté. »

Commencé à neuf heures du matin, l'entretien dura jusqu'à six heures du soir, après quoi Ranjit, aux anges, l'emmena visiter sur son éléphant les jardins de Shalimar dont Jacquemont, incontinent, lui nomma toutes les essences en latin et en français, l'éléphant buvant ses paroles.

La question principale de Ranjit à son hôte était prévisible :

« Qui est Louis-Philippe ? Parlez-moi de lui. »

Le roi des Français était mal connu en Inde, moins d'un an après son accession au pouvoir. Ranjit n'en savait pas grand-chose sinon que son installation aux Tuileries avait provoqué en Angleterre un enthousiasme inquiétant que les

Anglais de l'Inde avaient relayé sans mesure, laissant croire que Louis-Philippe était leur homme.

S'il l'était, il ne serait pas le sien.

« Je ne sais pas, Majesté, qui est Louis-Philippe.

— On m'a dit que vous saviez tout. Vous ne savez pas qui est votre roi ? Les Anglais sont enchantés de lui. Ils en attendraient beaucoup...

— Enchantés, c'est peu dire, Majesté. J'en ai profité moi-même.

— Comment ?

— Il y a quelques mois, je passai par Meerut. Les officiers de la garnison, dont un colonel rescapé de Waterloo, ne m'ont pas porté en triomphe mais peu s'en fallut. J'étais pour eux un représentant de "la Nouvelle Révolution française"...

— Qu'est-ce à dire ?

— La *Calcutta Gazette* a ainsi baptisé la monarchie de Juillet.

— Quand les Anglais se laissent aller, ils se révèlent très émotifs ; c'est la rançon de leur refoulement permanent. Vous n'avez jamais rencontré Louis-Philippe ? Vous pourriez me le décrire.

— Je n'aurais pu rencontrer que le duc d'Orléans, Majesté. Je suis arrivé en Inde il y a deux ans, avant qu'il ne devienne roi, mais je n'ai jamais vu le duc. Un jour peut-être, je verrai le roi... Mais je connais plusieurs de ses familiers, qui m'en ont beaucoup parlé ; on parlait de lui depuis longtemps... D'après ce qu'ils m'en ont tous dit, je dirai que c'est un renard. Avez-vous des renards au Penjab ?

— Beaucoup, mais je n'en connais qu'un.

— Il doit être extraordinaire.

— Je ne sais pas, c'est moi-même. »

Ranjit Singh dépassait les finesses parisiennes, reconnut Jacquemont qui répliqua :

« Alors je ne me suis pas trompé. »

Le renard du Penjab ignora le compliment à cela près que sa voix se fit caressante :

« Que puis-je attendre de Louis-Philippe ?

— Dans quel domaine, Majesté ?

— Face à l'Angleterre. On le dit transi devant les Anglais, ce pourrait être la raison de leur enthousiasme.

— Il a vécu longtemps chez eux. Il les connaît. Il les aime. Chez eux, en exil, il a eu faim. Pour manger, il a donné à Londres des leçons de mathématiques aux filles de la bonne société. Il apprécie leur pragmatisme et leur persévérance. Leur côté hommes d'affaires...

— Napoléon disait boutiquiers...

— À grande échelle, oui. Boutiquiers combattants. Il n'aime pas la guerre. S'il peut éviter de la faire, il l'évitera toujours. Mais il ne se laissera pas humilier. Le peuple ne le supporterait pas. Il a des plans pour y échapper.

— Quels plans ?

— Un plan de constructions navales. Il veut une grande marine de guerre. On n'en parle pas ; le fait est là. Une grande marine de guerre dont il fera tout pour ne pas se servir.

— Contre l'Angleterre ?

— Je dirais face à l'Angleterre. Histoire de ne pas la laisser libre de faire tout ce qu'elle veut. Histoire de la faire réfléchir. Poliment. Amicalement. Sincèrement. Manière de dire : "Vous n'êtes pas seuls sur l'eau. Je suis là, en force. Vous nous avez souvent battus, pas toujours..." Pas toujours, c'est ça qui compte. Ça donne à penser. Mais il n'a pas l'intention comme ses cousins de surclasser la flotte anglaise.

— Quels cousins ?

— Louis XIV et Louis XVI, Majesté. Cousins lointains. Surclasser l'Angleterre sur mer, ce serait trop cher. Et la surclasser pour quoi faire ? Il suffit de la tenir en respect.

— Tenir en respect, nous frôlons le sikhisme, Jacquemont Sahib.

— Louis-Philippe sait compter, Majesté. Savoir compter, c'est rare en France. La France, pour la première fois depuis Louis XI, a un roi qui sait compter.

— Pour faire une grande marine de guerre, il faut de grands marins. On ne les trouve pas sous le pied d'un cheval. »

Jacquemont eut un sursaut :

« Quand la France en a voulu, elle en a toujours trouvé.

— La France n'a pas voulu assez.

— Sans doute, Majesté.»

Jacquemont reprit :

«À propos de Louis-Philippe, j'ai oublié un détail, Majesté.

— Oui?

— Lord Bentinck est l'un de ses plus vieux amis.

— Véritable?

— Véritable, Majesté. Ils se connaissent depuis 1808.»

Ranjit cita La Fontaine : *Qu'un ami véritable est une douce chose.*

Jacquemont, plein de jeunesse et spontané, battit des mains et s'écria : «Bravo, Majesté!»

Ranjit se rengorgea.

«Pourriez-vous me citer un fait qui confirme cette amitié?

— En 1826, avant de partir pour Calcutta s'installer dans son palais, Lord Bentinck est venu en France faire ses adieux au duc d'Orléans dans son château d'Eu.»

Ranjit changea de sujet :

«Alors vous êtes botaniste?

— Oui, Majesté. Botaniste, géologue et paléontologue. La géologie et la paléontologie sont indispensables à l'étude approfondie du règne végétal dont elles constituent l'amont.

— Je vois, dit Ranjit. Mais vous pourriez aussi être diplomate et même ministre. Ministre des Affaires étrangères...

— Un jour peut-être, si Dieu le veut, Majesté. En attendant, je vais prendre l'air grâce à votre permission dans vos superbes Himalayas.»

Ranjit l'avait autorisé à circuler à sa guise dans ses États, muni de tous les sauf-conduits nécessaires. Et dans l'Himalaya ce n'était pas les sommets désolés, glace, neige et roc, dépourvus d'oxygène où seul un étrange orgueil peut pousser l'homme à se risquer, qui l'attiraient, mais les contreforts boisés, arrosés par cent torrents, couverts d'une végétation foisonnante et peuplés d'une faune innombrable, l'une et l'autre à peine connues.

«Je vous envie, dit Ranjit. La connaissance des cailloux et des fleurs ne peut être que très utile à celle des hommes.»

On apporta la Veuve Clicquot qui avait changé la vie d'Allard et de Ventura neuf ans plus tôt.

Le millésime de la bouteille n'était plus 1811, c'était 1824, l'année du couronnement de Charles X à Reims. Cérémonie si démodée qu'il en fut qualifié, par tous les républicains et même, et c'était alarmant, par une fraction non négligeable d'orléanistes, d'homme «préhistorique» et de beaucoup de noms d'animaux disparus depuis des millions d'années.

Jacquemont allégua une maladie de foie qui lui interdisait le champagne, à son «immense frustration». On lui proposa un jus de mangue, dont il but deux grands verres en cristal de Baccarat gravés aux armes du Penjab. Un seul l'aurait satisfait, il s'imposa le second pour atténuer aux yeux de Ranjit son refus de la Veuve.

Il ignorait que Ranjit Singh n'était pas homme à lui en vouloir. À la fin de l'entretien, le maharadjah lui dit avec chaleur :

«Soignez-vous bien. Le foie, je sais ce que c'est. Il ne faut pas plaisanter avec cet organe.»

La visite de Jacquemont resserre les relations entre Lahore et Calcutta. En octobre 1831, une déclaration commune consacre ce resserrement. À Rupur, au bord du Sutlej, Ranjit Singh et Lord Bentinck signent une promesse d'amitié perpétuelle «de génération en génération» entre le Penjab et la Compagnie des Indes orientales. Elle n'était pas de trop. Ranjit Singh avant de s'y rendre avait craint un guet-apens. Allard l'avait convaincu, l'escortant lui-même avec huit cents cavaliers.

Victor Jacquemont mourut du foie à Bombay le 7 novembre 1832, à la consternation des savants français et des Anglais de Calcutta, de Ranjit Singh et de Jean-François Allard, ayant constitué au Ladakh et au Népal d'inestimables herbiers et de considérables collections de minéraux. Il a quelque part une statue dans Paris, rive gauche.

Avant de mourir, il aura le temps d'écrire :

«J'aime à reconnaître ce que je dois au général Allard. C'est à lui plus encore qu'au gouverneur général de l'Inde, Lord William Bentinck, que je dois le singulier avantage d'avoir pu étendre mes recherches aux États du roi de Lahore [...]. *M. Allard, par toutes les belles qualités qu'il déploie depuis dix ans dans le Penjab, par sa justice, son humanité, sa bienfaisance et sa bravoure, a rendu dans ces contrées le nom français synonyme de juste, d'humain, de bienfaisant, de brave.* [...] *Sa réputation est passée depuis longtemps du Penjab dans l'Inde ; les officiers anglais ne parlent de lui qu'avec le plus grand respect.»*

Allard alors est chevalier de la Légion d'honneur. Que chevalier ! s'indigne Jacquemont. C'est inadmissible ! Il faut le faire officier au plus vite. Il écrit à Peureux de Meslay pour faire cesser ce scandale.

Le gouverneur porte bien son nom : il approuve la démarche avec une prudence exemplaire. À son ministre, l'amiral de Rigny, il précise :

«Persuadé comme je le suis que le caractère élevé que soutient M. Allard dans la haute position qu'il occupe depuis dix ans n'a pas peu contribué à rendre le nom français respectable non seulement dans les États du maharadjah Ranjit Singh, mais dans toute l'Inde britannique et dans le vaste pays habité par les peuples de race afghane... »

Il soutient la proposition de Jacquemont. Il l'aurait même devancée dès son arrivée à Pondichéry et appelé sur Allard *«l'attention du gouvernement et les grâces du Roi»* s'il n'avait pas *«craint qu'il n'en résultât pour lui quelque embarras ou quelque difficulté en éveillant la susceptibilité des agents de la Compagnie anglaise des Indes... »*

Mais...

Mais la démarche de Jacquemont *«ne doit laisser aucune inquiétude de ce genre puisque les relations intimes qu'il entretient avec Lord William Bentinck* [...] *lui ont permis d'avoir sur le sujet une opinion bien arrêtée»*.

Peureux conclut donc :

«Je ne peux que joindre mes instances à celles de M. Jacquemont en priant Votre Excellence de demander au Roi la décoration d'officier de la Légion d'honneur pour M. Allard de Saint-Tropez, ancien capitaine de cavalerie et aide de camp du maréchal Brune.»

Morceau d'anthologie. Anthologie de timidité. Soumission automatique et anticipée aux humeurs supposées de fonctionnaires étrangers, s'agissant pour le roi des Français d'en décorer un autre, en récompense d'activités qui ne leur avaient nui en rien.

32

Le temps presse, les années se précipitent. Ranjit vieillit. La Compagnie se renforce et guigne l'Indus de plus en plus ouvertement. Les Afghans ne désarment pas puisqu'ils en sont incapables. Ventura sera bientôt frappé de paralysie – il guérira, mais quelle alerte ! Allard se languit de la France. Il presse Ranjit de lui donner congé « pour faire connaître à ma famille sa patrie ».

Il souhaiterait y passer un an au moins avec sa femme et ses enfants, leur montrer Saint-Tropez et Paris. Mais Ranjit ne veut pas le lâcher, craignant peut-être, sourdement, qu'il ne revienne pas. En vérité, il y a eu des refroidissements.

En mars 1833, Allard a démissionné en secret. Démission refusée, mais pareil refus vaut moins que sa raison.

Pourquoi l'homme indispensable, sans qui rien ne se fait depuis dix ans, en est-il arrivé là ? N'est-il pas heureux ? Un palais, un salaire royal, cent cinquante domestiques, la considération générale et les jalousies afférentes, des bijoux, des chevaux, des éléphants, que voulait-il de plus ?

Il a besoin de prendre le large pour oublier ce qui s'est passé. Il faut remonter à 1828, en octobre ou novembre.

Les deux hommes sont face à face. C'est le soir. À chaque jour suffit sa peine. Ils boivent du champagne. Au-dessus de

Lahore, dans le ciel, des centaines de charognards piaulent sinistrement pour saluer le crépuscule avant de gagner leurs dortoirs puants et, affalés dans leurs nids excrémentiels, sombrer dans d'ignobles rêves.

«Je n'ai plus d'argent, dit Ranjit Singh avec un certain dépit.

— Majesté, vous allez vous refaire.»

Ranjit Singh a trop dépensé. Il a été trop généreux. L'armée lui a coûté trop cher. Il n'a pas voulu augmenter les impôts. «Les paysans sont notre force, je ne les pressurerai pas.» Les fêtes qu'il aime donner pour soutenir son prestige sont très dispendieuses aussi. Le commerce avec l'Asie a dépéri, faute aux Afghans. À présent, il manque de fonds.

Allard n'a pas été payé depuis plusieurs mois. On lui doit trente mille roupies, somme considérable. Le voilà banquier de Ranjit, cela lui semble exorbitant.

Ce n'est pas tout. Ranjit se désintéresse de sa cavalerie. Les dragons et les lanciers qu'Allard avait formés, dont il avait tant admiré les trompettes et l'ordonnance à Naushera sur l'Indus contre les *ghazis*, coûtent trop cher. Les chevaux qu'il aime tant dépérissent au Penjab et meurent comme des mouches. Le climat ne leur convient pas. Il leur faut des soins de bébé.

Les siens vont bien dans leurs fraîches écuries, entourés de palefreniers attentifs, chasse-mouches d'élite qui sans relâche empêchent ces insectes d'importuner et d'infecter la plus noble conquête de l'homme. Mais ce bien-être lui coûte des fortunes, impensables à l'échelon des régiments. Il en a réduit le nombre, de huit à trois, car «ils finiraient par manger l'empire», a-t-il dit à Allard, qui s'est demandé si le laudanum n'était pas pour rien dans cet amenuisement d'un esprit naguère si vif. Il a répondu à son maître que «manger l'empire», les Afghans s'en chargeraient.

Alors Ranjit, imparable, lui a cité son maître à lui:

«C'est l'infanterie, cher chevalier, qui est la reine des batailles.»

En fait, c'est l'artillerie qu'il avait en tête. Un canon, une fois fondu, ne coûte plus rien et dure des siècles. L'arrivée de Court a changé la donne.

Allard s'est défendu : la cavalerie est irremplaçable. Loin de la réduire, il faudrait l'augmenter. Se donner surtout une cavalerie lourde. Des cuirassiers. Les cuirassiers sont l'arme fatale.

« Rappelez-vous, Majesté, Borodino en 1812. Les cuirassiers ont emporté la grande redoute des Russes où l'infanterie s'était cassé les dents... »

Ranjit se souvenait, mais :

« Je me rappelle, bien sûr, la Moskowa (Allard avait dit *Borodino* comme les Russes, Ranjit *la Moskowa* comme les Français). On n'a vu ça qu'une fois. On ne le reverra pas de sitôt.

— Majesté, la cavalerie lourde est une force de rupture qui souvent décide d'une bataille... »

Il rappela Eylau, où tout fut perdu jusqu'à ce que Murat coupe en morceaux les colonnes russes.

Rien n'y fit, Ranjit ne voulait pas de cavalerie lourde et poursuivit la réduction de la légère. De trois régiments à un seul. Tous trois cavaliers, Allard, Ventura et Avitabile furent très contrariés. Court, artilleur, ne souffrit d'aucune restriction, au contraire, on le pressait d'augmenter la cadence de ses fonderies. Mais il souffrit de voir ses camarades ainsi brimés.

Partir, rumine Allard. S'en aller. Changer d'air, revoir la France, Saint-Tropez. Sa famille.

Son frère Benjamin le croit mort, a-t-il appris récemment, mort depuis au moins cinq ans parce qu'il n'a pas écrit de tout ce temps.

Pourquoi ? Pourquoi n'a-t-il pas écrit ? Il aime les siens. N'a jamais voulu leur faire de peine. Aboulie ? Non. Le temps lui a manqué, non pas la volonté.

Depuis son arrivée à Lahore, il y aura bientôt douze ans, il n'a pas eu une minute à lui. Ranjit ne le lâche pas. S'il a eu le temps de se marier, c'est que Ranjit le voulait. Lui aussi, d'ailleurs. Il a toujours voulu se marier mais ç'aurait pu attendre. Cela dit, il ne le regrette pas. Sa femme est merveilleuse. Ses enfants sont merveilleux. De ce côté-là, il est comblé. Un homme comblé, mais fatigué qui a besoin de reprendre des forces et pour cela d'un grand congé.

« Majesté, j'ai besoin de reprendre des forces pour mieux vous servir. C'est en France, à Saint-Tropez, que je les reprendrai le mieux. Sans cesser de vous servir. Je serai votre agent là-bas. Grâce à vous, j'y suis connu. J'en suis parti inconnu et grâce à vous je ne le suis plus. Je pourrais ne pas être inutile. J'irai voir le roi, si vous voulez. »

Ranjit hocha la tête.

« J'ai besoin de vous ici encore quelque temps. En vérité j'ai besoin de vous partout, ici, là-bas, où que vous soyez... Et j'espère bien que vous ne limiterez pas à Saint-Tropez votre séjour là-bas. J'espère bien que vous irez à Paris. Le Penjab a besoin de vous à Paris. Promettez-moi d'aller à Paris, de voir Louis-Philippe, sinon, je vous retiens ici... J'ai besoin de vous partout, à Paris autant qu'ailleurs. »

Écrasant compliment. Trois fois, il lui avait demandé de surseoir à son voyage.

La dernière fois, il lui avait dit :

« Vous ne me dites pas tout.

— Il y a en effet une dernière raison, Majesté.

— Dites-moi.

— Je voudrais que mes enfants soient élevés en France, dans la religion catholique.

— Pourquoi ne pas l'avoir dit plus tôt ?

— Le moment n'était pas venu. Maintenant l'âge approche où leur conscience s'éveille. »

Il l'avait fait appeler le lendemain.

« Quand voulez-vous aller en France ? »

Allard s'était résolu à ne plus oser y croire.

« Majesté, je vous demande pardon...

— Quand voulez-vous aller en France ?

— Quand vous voudrez, Majesté.

— Je vois que vous changez de figure. Faites vos paquets. Combien de temps vous faut-il pour tout emballer ?

— Quinze jours, Majesté. Puis-je emmener ma famille ?

— Vous voulez me quitter ?

— Majesté ! Jamais de la vie. Je compte les laisser là-bas pour mieux vous servir ici une fois revenu.

— Combien de temps souhaitez-vous rester en France ?

— Deux ans environ, voyage compris, Majesté.

— Que ne peut-il advenir en deux ans ? J'aurai peut-être à vous rappeler... »

Allard avait craint de ne pas pouvoir comprimer sa joie.

Non, les relations entre le maharadjah et Jean-François Allard n'étaient pas menacées. Ni la dette du prince ni ses préventions nouvelles contre la cavalerie ne pouvaient les détériorer. Le Penjab était presque autant la chose d'Allard que celle de Ranjit Singh.

À peine un pied en France après trois mois de mer, il serait frappé de nostalgie. Le golfe de Sainte-Maxime lui paraîtrait mesquin et bien petits les Maures comparés à l'Himalaya et à l'Hindou Kouch. Il le savait, mais voulait goûter de cette nostalgie. Jean-François Allard n'était pas simple. Il partira donc.

33

Allard va s'en aller et Shuja a déçu Ranjit. Il n'a pas voulu fâcher les *ghazis*, donner le Sindh à un infidèle. Il a voulu vivre encore. Il a botté en touche: «La solution, dit-il à Ranjit, dépendra de la bonne entente entre Lahore et Calcutta.» Autrement dit: «Je m'en lave les mains. Voyez les Anglais».

En fait de Sindh, Ranjit ne peut donc plus espérer qu'en l'Angleterre, mais il y a des limites à la naïveté. Jamais, pour entreprendre, il n'a été si nécessaire de ne pas espérer.

Rien cependant d'irréparable n'est survenu, les ponts ne sont pas rompus entre l'empereur sikh et le prétendant afghan. Il n'y a pas que le Sindh…

Un traité sera signé en mars 1834, entre Ranjit et Shuja dont le premier n'aura pas à se plaindre.

Ranjit aidera Shuja à regagner son trône, lui versant pour commencer cent mille roupies. Shuja reconnaît les droits de Ranjit sur «les anciens territoires afghans», en vérité tout le Penjab, dont Peshawar est le fleuron; lui versera un tribut annuel (dont cinquante-cinq chevaux et cent un tapis); le traite enfin en égal dans sa correspondance.

Cette reconnaissance, ce tribut, cette égalité sont un grand succès. Jusque-là les maîtres de l'Afghanistan traitaient Ranjit en inférieur; s'adressant à lui comme tel.

Roi parvenu, par lui seul mais vu comme tel, le voici l'égal de l'héritier d'une dynastie sans doute récente, récente et bousculée, mais dont le prestige restait énorme pour avoir rendu naguère à l'Afghanistan une grandeur malmenée. Les malheurs d'une rapide décadence ne l'avaient pas entamé, au contraire, ils lui attiraient les affections apitoyées d'un peuple qui n'avait pas oublié ses exploits et se plaisait à en espérer d'autres d'un prince aussi décidé à remonter sur son trône.

Le Sindh est une déconvenue. Fleuron des droits reconnus par Shuja, Peshawar ne l'efface pas.

Shuja avait calculé que lâcher Peshawar, aux mains des Sikhs depuis des années, où l'islam était scrupuleusement respecté, était moins provocant pour les fanatiques que le Sindh où les émirs régnaient toujours.

La capitale d'hiver des rois afghans devient officiellement sikhe. Finie la comédie du musulman procurateur du mécréant roi de Lahore.

Allard en France, Ventura paralysé, c'est le grand canonnier, Claude-Auguste Court, qui est chargé d'en prendre possession. Il s'en acquitte sans un pli.

À Kandahar, Dost Mohammed l'usurpateur ne décolère pas. Ranjit ose espérer que c'est à usage intérieur, pour calmer les frénétiques dont il doit tenir compte. Il se trompe.

Dost Mohammed dépassera l'indignation verbale. La fortune lui donnera des ailes. Quelle fortune ?

Sitôt signé avec Ranjit, Shah Shuja, dernier Durrani, a constitué à marche forcée l'armée de sa revanche – trente mille hommes, levés en Inde, l'usurpateur empêchant tout recrutement en Afghanistan ; tous musulmans comme il se devait.

Dost Mohammed n'en a que vingt mille. En Asie aussi « Dieu est du côté des gros bataillons ». La cause est entendue. À Calcutta comme à Lahore, on peaufine les félicitations qu'il conviendra incessamment d'expédier à Shah Shuja.

Celui-ci, déjà victorieux, marche sur Kandahar.

La bataille déjà gagnée se donne devant la ville. À la stupeur universelle, Shah Shuja, écrasé, ne peut s'enfuir que de justesse.

Claude-Auguste Court raconte le désastre dans une lettre à l'Anglais Wade :

« Le combat fut des plus opiniâtres. Dès le premier abord, l'infanterie kaboulienne et kandaharienne a été vigoureusement repoussée par les bataillons hindoustanis ; mais Dost Mohammed Khan les ayant attirés dans la plaine les a chargés en désespéré et de leur défaite en est suivie une déroute complète pour l'armée du Shah… »

La cavalerie de Shah Shuja fut anéantie, avec la perte de cinq mille hommes. Les « Kabouliens » n'auraient déploré que huit cents tués et blessés. Sans tarder Dost Mohammed écrit à Ranjit. Lui décrit sans retenue son triomphe. Le menace de venger bientôt la perte de Peshawar.

Ranjit ne lui répond pas, mais publie largement que s'il tentait quoi que ce soit contre Peshawar, jamais il ne vivrait assez pour achever de s'en repentir ; après une bataille telle que les Barakzaï « n'en auraient jamais vu et ne pourraient jamais revoir car ils seraient morts ».

Cet assaut de rodomontades n'empêche pas de négocier.

Les Anglais sont les grands arbitres et bénéficiaires principaux d'une explosion de conversations croisées et recroisées, prétendument secrètes, entre une foule de protagonistes. Ils sont seuls en mesure d'accorder tout le monde et chacun se tourne vers eux malgré toutes les méfiances que leur vaut depuis toujours leur conduite en Inde.

Dost Mohammed les hait mais voudrait pour sa sauvegarde les faire entrer dans le jeu, car sa victoire sur Shah Shuja ne l'a rassuré qu'à demi. Ses vantardises masquent mal de taraudantes inquiétudes. Il a besoin d'alliances. Et sa haine des Britanniques est bien moindre que son horreur de Ranjit, maître de Peshawar, dont il pourrait dire comme avait dit Marie Tudor après la perte de Calais emportée par le duc de Guise : « Si l'on m'ouvrait le cœur, on y trouverait gravé le nom de Calais. »

Enfin il sait trop bien que ses *ghazis* ne peuvent pas tenir devant les régiments français de Ranjit.

Les Anglais jubilent. Fin juin, un rapport affirme à Lord Bentinck : « Toute la population musulmane du Penjab, surtout à l'ouest et au-delà de l'Indus attend ardemment que le règne des *sahibs* succède à celui des Sikhs. »

Les *sahibs* sont les Blancs et, en Inde, il n'est d'autres Blancs qu'anglais.

Ranjit consulte ses astrologues, renforce son contingent d'espions à Kaboul, rappelle à Dost Mohammed le sort du Barelvi, écrasé et liquidé « par un seul de mes sirdars », après avoir disposé d'une armée énorme. 1835 commence.

34

Ranjit à cinquante-cinq ans donne des signes de fatigue. Sa quête compulsive de remèdes miracles pour traitements superflus avait débouché sur une cure unique, massive et permanente de laudanum – opium ramolli passé au chinois, évaporé enfin jusqu'à la force voulue.

Cette potion le plongeait dans de douces rêveries qui en faisaient le plus aimable des hommes, fortifiant sa popularité, tempérant aussi la crainte qu'il inspirera toujours, sans rien d'irréparable de son vivant – sans que cette mollesse très relative allât jusqu'à enhardir les ennemis que l'homme d'État le meilleur s'attire immanquablement, vu l'imperfection de l'espèce humaine.

Sa mort plongera tous les Sikhs, beaucoup d'Hindous et de nombreux musulmans dans une grande affliction. Açoka lui-même, le grand empereur surdoué du IIIe siècle avant Jésus-Christ, ne fut peut-être pas pleuré davantage que lui.

Il n'y a pas d'affection sans cause. Ranjit Singh se souciait paternellement de son peuple. On l'a vu : il enjoignait régulièrement à ses fonctionnaires, surtout ses collecteurs d'impôts, de ne pressurer personne. « Je veux que nos paysans soient heureux, ne les pressurez pas. Nous dépendons d'eux plus qu'eux de nous. »

Il était obéi.

Ces propos faisaient le tour de l'Inde, diversement commentés chez les heureux du monde. On les prenait ou d'un fou, ou d'un saint, ou d'un hypocrite, imaginant difficilement d'un monarque digne de ce nom qu'il puisse les penser.

Mais les millions de déshérités étaient tout prêts à croire que le pouvoir pouvait ne pas corrompre.

Les élites toujours cyniques décriaient sa bienveillance; dans la masse immense des pauvres, on rêvait de dépendre d'un aussi bon maître que lui. Il était d'autant plus apprécié des cœurs simples que, chacun le savait, il n'était pas né débonnaire, ni altruiste, mais féroce et qu'il avait conquis sur lui-même cette affabilité.

On s'informait de sa santé, redoutant sa disparition. Après lui, on ne le savait que trop : l'anarchie ou les Anglais. Charybde ou Sylla.

Sans doute il avait huit fils officiels et l'ordre de succession était fixé. Mais pareils ordres ne sont fixés que pour être défiés. Les paysans les moins instruits le savaient tous.

Quel fils pourrait remplacer ce père?

Cela dit, la somnolence de l'empereur ne diminue pas sa puissance. Les Afghans ne changent pas, mais les Quatre non plus, faisant toujours feu des quatre fers.

Informés exactement des progrès de leur ennemi, les Afghans savent compté le temps de leur revanche. La naissance et la croissance d'une artillerie irrésistible tourmentent leurs émirs. Les fantassins et cavaliers des régiments français ont démontré une supériorité inquiétante, mais le nombre pouvait l'équilibrer. Les canons en fabrication effaceront l'avantage du nombre. Si braves et d'autant plus qu'ils seraient nombreux à l'être, les moudjahidin seront leur pâture.

Au-delà de l'Hindou Kouch, les émirs lucides à Samarkand et Boukhara prévoient de grandes hécatombes de leurs meilleurs guerriers.

Devancer l'entrée en ligne des batteries françaises est leur obsession. Surmontant toutes ses répugnances, Dost

Mohammed presse les Anglais de lui en fournir la réplique. Les Anglais, toujours subtils, ne le rembarrent pas mais ne la fournissent qu'au compte-gouttes.

Le départ d'Allard pour la France est malvenu dans cette situation tendue, mais Ranjit s'est engagé et ne le retient plus. Il s'en va pour deux ans comme il l'a demandé. Officiellement, c'est un congé.

Congé ? Une incessante activité va marquer son séjour en France.

Il part fin 1834 et reviendra en décembre 1836.

Encensé par les Anglais, il embarque à Calcutta sur *Le Philanthrope*, destination Bordeaux. Lord Bentinck lui a fait fête et l'a chargé d'embrasser Louis-Philippe. «Je serai bientôt remplacé ici, lui a-t-il dit, dites-lui bien qu'en Europe ma première visite sera pour lui.»

Les adieux à Ranjit avaient été très émouvants. Tous les sirdars étaient présents dans le durbar au complet. Hari Singh Nalwa, l'un des meilleurs généraux sikhs et le meilleur ami d'Allard à la cour, en a laissé un compte rendu qui n'est pas loin d'être poignant :

«Tout le durbar était réuni pour les adieux officiels. Le chevalier Allard y comptait bien plus d'ennemis que d'amis. Le nombre des jaloux n'ayant cessé d'enfler depuis douze ans qu'il déployait chez nous des talents exceptionnels dans les ordres militaire et administratif et dans l'ordre du cœur.

«Nous avons souvent discuté et disputé ensemble de la validité de la maxime de ce Vauvenargues qu'il me fit découvrir, me faisant remarquer que cet officier plein de vertu aurait pu être sikh : "Les grandes pensées viennent du cœur." Nous lui reconnaissions toujours une justesse fatale.

«Ranjit Singh avait l'air plus féroce que jamais dès le début de la cérémonie. Alignés assis devant lui dans leurs robes de gala, les sirdars que je connais par cœur étaient frappés de stupeur, ne lui ayant jamais vu air aussi terrible et ce n'est pas peu dire ; on aurait entendu un tigre voler.

Mais cette expression n'était rien auprès de celle qui lui vint quand il pressa Jean-François sur son cœur pour lui donner l'accolade.

«Jamais en Inde on n'avait vu un prince s'abandonner à pareille familiarité. C'était un défi effrayant aux coutumes les plus ancrées et au durbar entier dont il connaissait les sentiments ; provocation pure.

«La chose faite, laissant Jean-François un instant pétrifié par ce témoignage d'affection extraordinaire, il balaya lentement du regard les rangs de ses officiers alignés devant lui avec un air terrible, concentré d'orgueil, de colère et de douleur. L'orgueil d'être ce qu'il était ; la colère et la douleur de voir partir celui en qui il se fiait le plus dans une période difficile.

«La conjugaison de ces trois sentiments en faisait à cet instant l'homme le plus redoutable du monde et je vis beaucoup de sirdars incapables de soutenir son regard, qui pourtant ne s'arrêtait pas sur eux, baisser la tête ou fermer les yeux.

«Je reste persuadé que cette accolade était imitation de Napoléon qui prodiguait à ses soldats ces embrassades, inimaginables chez nous, d'un prince à un collaborateur, étranger de surcroît... »

Ranjit Singh avait demandé à Allard de revenir le plus vite possible avec de bonnes nouvelles, par exemple l'ouverture de pourparlers avec le roi des Français en vue d'une alliance pour lever l'hypothèque anglaise.

35

Le capitaine du *Philanthrope* accéda au vœu d'Allard de faire escale à Sainte-Hélène.

L'aspect lugubre de cette île jaillissant de l'océan, sépulcre vertigineux d'immenses falaises grises battu par la houle éternelle de l'Atlantique dont les grandes vagues explosent contre le roc, grondement continu d'artillerie océanique, impressionna les pèlerins pour la vie.

N'auraient-ils pas su ce qu'abritait cette masse sinistre, leur stupeur aurait été moins profonde, mais la savoir dernière demeure d'un héros surhumain, sépulture d'une grandeur qu'on ne reverrait plus, l'augmentait d'un prestige écrasant.

Ils montèrent à dos de mule au tombeau de l'Empereur, côtoyant les précipices qu'il avait rêvé de survoler pour s'échapper, jusqu'au plateau de Longwood. Allard se recueillit longuement sous les saules chétifs dépouillés par l'hiver. Il revit toute sa vie.

Les enfants étaient trop jeunes pour rester avec lui jusqu'au bout, sa femme eut plus de patience. Indienne de grande maison – elle était princesse Chamba, dynastie rajpoute qui avait régné pendant plus de mille ans dans l'Himalaya à partir du VIe siècle –, elle n'était pas coupable de ne pas éprouver de fascination pour l'étranger indescriptible dont la chute lui avait valu un mari qu'elle n'aurait jamais connu s'il n'était pas tombé. Enfin elle rejoignit les enfants dans le lugubre pré spongieux où ils couraient avec des cris de joie qui détonnaient dans cette atmosphère lamentable.

« Maman, vous en aviez assez ? lui dit l'une de ses filles qui avait cinq ans.

— Assez de quoi, ma chérie ?

— De rester sans rien faire devant ce tombeau.

— Sans bouger, oui. Sans rien faire, non. Prier n'est pas ne rien faire. Je te l'ai déjà expliqué.

— Maman, je vous demande pardon, j'avais oublié. »

Leur père leur avait tenu un autre langage :

« Voici le tombeau d'un homme qui a surpassé tous ceux qui l'ont précédé et surpassera tous ceux qui le suivront, avait-il dit. Je lui dois tout et vous lui devez tout aussi, chers enfants, puisque je suis votre père. »

Ces paroles leur firent une impression si forte qu'avançant en âge, ils répétèrent longtemps, à qui voulait les entendre : « Nous devons tout à Napoléon », sans jamais se douter que cette fidélité pouvait leur nuire plus souvent que le contraire.

36

Quand *Le Philanthrope* leva l'ancre pour l'hémisphère nord où les attendait Louis-Philippe, ils s'interdirent de se retourner pour un dernier regard au mausolée colossal couronné de vapeurs grises bien dignes d'un deuil planétaire infini, de peur de dépasser une affliction déjà si profonde que cette dernière vision les aurait anéantis.

Au bout d'un mois de mer où les dauphins et poissons-volants, faute de pouvoir les consoler, les avaient au moins distraits, ils doublèrent le phare de Cordouan à l'entrée de la Gironde, défilant devant Lafite, Margaux et Beychevelle, crus élus dont la renommée déjà était mondiale, pour s'amarrer aux Chartrons, arrivant à Bordeaux le 6 juillet 1835, ignorant que Dost Mohammed s'était jeté sur Peshawar en mai, en même temps que ses agents y déclenchaient une révolte, selon le scénario classique. Les canons de Claude-Auguste avaient brisé cette tentative.

Déjà informé du départ d'Allard, Dost Mohammed apprend l'absence de Ventura, éloigné par sa santé des théâtres d'opérations. Il décide de profiter de cette double absence.

Il arrive sur l'Indus ayant passé Khyber, menant les hordes habituelles, survoltées par l'espérance de butins mirifiques.

Ranjit en personne accourt avec la Légion française, commandée par Claude-Auguste Court. Avitabile l'Implacable tient Peshawar d'une main de fer.

Claude-Auguste « a le coup d'œil », comme disait le Grand Condé du jeune Noailles son pupille.

L'artilleur taciturne et archéologue qui jamais ne parle pour ne rien dire s'approche de Ranjit :

« Majesté, ils sont à nous.

— Comment ça ? »

En quatre mots, Court décrit son plan : d'abord une nasse de vingt-cinq mille hommes (c'est ce dont il dispose) en embuscade de part et d'autre de la route de Peshawar, laisse passer les Afghans, puis :

« Donnez-moi huit régiments, deux mille cavaliers, vingt-cinq canons. Je les laisse installer leur campement, dîner, s'endormir et à trois heures, je leur tombe dessus. Les survivants courront vers Khyber et tomberont dans ma nasse. Il n'en restera rien. Je m'y engage, Majesté.

— Quand voudriez-vous agir ?

— Cette nuit, Majesté.

— J'approuve votre plan, mais cette nuit serait prématurée. Ils ne sont pas assez avancés ; il en arrive d'autres derrière, je voudrais les coincer tous.

— Bien, Majesté. Nous les coincerons. »

La nasse n'était pas encore pleine qu'elle fut découverte par un éclaireur souffrant de colique. Voulant s'isoler, il s'était écarté du flot de l'invasion. Il donna l'alerte. La masse énorme des envahisseurs fit demi-tour comme un seul homme, se ruant vers Khyber direction Kaboul, abandonnant tous ses bagages avec ses armes lourdes.

Mais ils avaient couru si vite que très peu étaient tombés. Claude-Auguste en éprouva la déception de sa vie. Il avait rêvé d'un carnage, lui, le moins sanguinaire des hommes, et de longtemps ne se remit pas d'en avoir été privé.

L'épisode fut pourtant capital en cela que l'usurpateur enfin reconnut la vanité de tenter quoi que ce soit contre les « Français » de Ranjit. Pour persévérer, il fallait les attirer loin de l'objectif choisi et profiter de leur absence. Ils ne pouvaient pas être partout, Ranjit les balançait aux quatre coins de son empire. S'informer de leurs mouvements n'était pas difficile.

Allard débarque à Bordeaux le 6 juillet 1835. Les journaux du 12 informent la population que « le général qui a organisé et commandé l'armée du Rajah de Lahore vient d'arriver en France à bord du *Philanthrope*, entré en rivière de Bordeaux le 6 juillet ».

Il passe quinze jours à Saint-Tropez qui fait un triomphe à son enfant célèbre. Monte à Paris dès septembre. Le 10 octobre, dîne aux Tuileries avec le roi. Le 15, *Le Journal des Débats* publie sur lui un article retentissant, commandé par le palais ; sur-le-champ le voilà coqueluche des salons.

Tout va très vite. Le 18, dîner à l'ambassade d'Angleterre. Le 21, promotion au grade de commandeur dans la Légion d'honneur. Le 23, entretien avec le ministre des Finances. Le 27, Louis-Philippe signe une lettre à Ranjit Singh et le duc de Broglie, Premier ministre, en signe une autre, à Dhyan Singh, Premier ministre du Penjab. Enfin il est nommé Agent de France à Lahore.

Le soir même, selon *Le Journal des Débats*, le roi « donne à dîner à Lord William Bentinck, ancien gouverneur général des Indes britanniques, et au général Allard, généralissime des armées du roi de Lahore ». (« Généralissime » est de trop, mais le Penjab était loin et confuse l'idée que le peuple pouvait se faire de ses armées.)

Dîner intime de « trois compères pour fêter des retrouvailles très attendues », laissa filtrer le roi dans la presse orléaniste, nouvelle touche à son portrait de monarque débonnaire, proche de ses sujets. Les journaux bourboniens hurlent à la dégradation du prestige royal ; les libéraux ridiculisent cette « indigne affectation de simplicité ».

On avait décidé de ne pas y aller avec le dos de la cuillère. Dans sa lettre à Ranjit Singh, Louis-Philippe donnait dans le grandiose, ayant consulté les spécialistes en style oriental :

«Vous avez surtout couvert de l'éclat de votre bienveillance notre bien-aimé le Général Allard, et son admiration pour votre personne, son dévouement à votre service ont trouvé grâce devant Vous. Nous avons cru ne pouvoir suivre une meilleure inspiration que de donner notre entière confiance à celui qui a si bien mérité celle de Votre Majesté, l'honneur du Trône, et dans cette condition, nous lui avons donné auprès de Vous la qualité de notre Agent afin qu'il soit constamment à vos côtés un gage vivant de notre souvenir et de notre inviolable et sincère affection… »

Ce n'était rien encore :

« Des terres et des mers immenses séparent l'Empire de France de celui du Penjab, mais les distances ne font rien à l'amitié. Un même nœud unit les princes et les peuples comme un même soleil les éclaire. Le général Allard Vous dira à quelle hauteur nous Vous portons dans notre esprit, combien vos vertus guerrières et généreuses ravissent notre cœur et enflamment nos pensées, combien nous Vous sommes reconnaissants pour les bons traitements qu'il a reçus de Vous. […] Nous voulons qu'il Vous fasse comprendre toute l'étendue de ces sentiments et qu'il s'efforce auprès de Votre Majesté de conserver son éclat à la chaîne de l'amitié. »

On ne pouvait aller beaucoup plus loin dans le compliment et l'on réfléchit qu'il serait convenable d'ajouter du concret à cette phraséologie.

Ne pouvant envoyer de troupes au Penjab, dont la seule mobilisation aurait valu la guerre avec l'Angleterre, on résolut d'envoyer des armes ; en quantité suffisante pour dépasser l'échantillon, insuffisante pour porter Londres aux dernières extrémités.

«De quoi le maharadjah de Lahore a-t-il le plus besoin ?» demande Louis-Philippe.

Le roi des Français est assis à la table où fut signée la paix de Campo-Formio, clin d'œil lourd de sens à celui qui l'avait arrachée aux ennemis de la France, auteur de la proclamation fameuse : «Je me tiens solidaire de tout. De saint Louis jusqu'au Comité de Salut public.»

Louis-Philippe aussi se tient solidaire de tout : de saint Louis, cela va sans dire, jusqu'aux Cent-Jours qui n'ont lésé, trois mois seulement, que les Bourbons, et c'était bien fait pour eux, mais préparé – 1830 et la fuite du cousin Charles X l'avaient prouvé – l'avènement du duc d'Orléans.

«D'amorces et de cuirasses, Sire, dit Allard. Les amorces pour augmenter la puissance de feu de l'infanterie ; les cuirasses pour constituer un régiment de cavalerie lourde dont nous sommes dépourvus.

— Combien faudrait-il des deux ?

— Il faudrait cinq cents cuirasses et deux millions d'amorces.

— Nous pouvons disposer tout de suite de cinq cents cuirasses. Quant aux amorces, il faudra les fabriquer et cela prendra du temps. Je vais m'informer.

— Je me dois, Sire, de vous informer aussi que les Anglais vont tiquer. Les cuirasses ne les gêneront pas et encore... Ils n'ont que des dragons légers qui seraient balayés. Mais les amorces les inquiéteront.

«Ils ont veillé jusqu'ici à ce qu'aucun prince indien n'en dispose, craignant l'augmentation de leurs cadences de tir.»

Les amorces triplaient la puissance de feu de l'infanterie par rapport aux pierres à fusil. Les Anglais, toujours rationnels, ne souhaitaient pas qu'il pleuve sur leurs troupes trois fois plus de plomb qu'accoutumé.

«Je crois savoir, reprit Louis-Philippe, qu'ils empêchent aussi les mêmes princes indiens de disposer de canons modernes. Ils ont pourtant laissé le général Court – est-il général, au fait ? – construire pour Ranjit Singh une artillerie à la page...

— C'est vrai, Sire. Ils accordent sans doute au maharadjah de Lahore une confiance particulière. Quant à Claude-Auguste Court, il n'est pas plus général que moi. Ranjit Singh a promis de nous faire généraux un jour, en attendant, nous sommes tous les quatre chevaliers et colonels. Il nous appelle chevaliers.

— Le roi de Lahore pense à tout, je vois. Les Anglais pourraient ne pas chicaner pour deux millions d'amorces ?

— Ils pourraient, Sire. Mais le Penjab de Ranjit Singh est un rempart idéal contre les Afghans. Ils en ont tout à fait conscience. Leur force est de se savoir faibles.

— De qui parlez-vous, général ?

— Des Anglais, Sire. Ils l'ont toujours su, contre l'Empereur en dernier lieu.

— Et ils ont gagné, mais l'Empereur y a mis du sien.

— Sire...

— J'ai voulu vous choquer. Sachez-le, général, j'admire Napoléon autant que vous. J'en prépare – que cela reste entre nous – un éloge qui j'espère fera date, qui ne sera publié qu'après ma mort par le duc d'Orléans mon successeur. Car je ne veux pas apparaître ici-bas comme l'âne vêtu de la peau du lion. Je ne serais pas où je suis s'il n'avait pas vécu ; je ne veux jamais l'oublier. »

Allard soudain est tout secoué d'un frisson d'admiration pour ce monarque à parapluie férocement caricaturé en bourgeois indécrottable, roi de rencontre en quelque sorte, précautionneux gérant d'une immense fortune, caution d'une poignée de banquiers, incapable du moindre élan, à se demander si le nom « français » lui disait quelque chose.

Ce frisson à peine passé, il se le reproche, se disant « C'est un renard, il me mène en bateau, il en a mené d'autres... » Et il change de sujet :

« Sire, vous m'avez par deux fois donné du “général”, je ne le suis pas, vous le savez bien.

— Vous l'êtes depuis que vous avez passé ma porte. »

Il lui paraît que Louis-Philippe pouvait toucher à la grandeur.

Il se rappelle les tracts qui avaient soutenu les prétentions de son vis-à-vis sur le trône où il pouvait maintenant s'asseoir quand il voulait. Ces tracts en faisaient un soldat: «Le duc d'Orléans a combattu à Jemmapes.» Il était en effet passé par Jemmapes, le 6 novembre 1792; il avait dix-neuf ans; on l'appelait le général Égalité; il le rappellerait toute sa vie. Et ce qu'il venait de dire n'était pas seulement d'un roi, mais aussi d'un soldat, confirmant ce qu'Allard a remarqué quelques minutes plus tôt: un intérêt insolite dans le regard merveilleusement neutre du roi bourgeois des Français.

«Comment se dire roi des Français? s'était interrogé Allard. Les Français ne sont pas de ces grenouilles qui demandent des rois. Les grenouilles, ils les mangent. Roi de France, encore, ça n'avait pas toujours été petit, mais roi des Français!»

L'intérêt du monarque s'était allumé à propos de ces cuirassiers qui balaieraient les dragons britanniques.

Le roi-citoyen, à parapluie bien roulé sous le bras, si soigneusement médiocre d'apparence, couvait d'autres ardeurs...

Il dit: «Nous nous reverrons, général. Vous aurez vos amorces.»

L'entretien était terminé.

«Sire?

— Oui?

— Je crois avoir compris que vous m'avez fait général et je ne vous ai pas remercié.

— Je suis assez remercié de vous avoir nommé. Mais puisque vous y tenez, c'est au Penjab que vous me remercierez.»

Allard enfin reconnut que la grandeur et Louis-Philippe n'étaient pas toujours contraires.

Un ordre de fabrication prioritaire est lancé le lendemain par le maréchal Maison, ministre de la Guerre, sachant qu'il faudrait trois mois pour honorer la commande royale d'amorces. Mais le congé d'Allard est à peine commencé.

Il lui reste un an encore à passer en France. Il trouvera bientôt ce temps long, jusqu'à trépigner en esprit, frustré de ce Penjab qu'il a fait avec Ranjit et ses trois camarades, et qui n'est pas fini; il reste beaucoup à faire. Il craint de manquer la prochaine tentative d'invasion afghane et les manœuvres si parfaitement hypocrites (*parfaitement* est compliment) de la Compagnie britannique des Indes orientales, laquelle aujourd'hui, trêve d'hypocrisie, ne fait plus qu'un avec Whitehall qui ne l'a pas encore officiellement absorbée mais la contrôle étroitement.

En mai 1836, Ranjit Singh lui écrit, le pressant de revenir au plus vite.

Après de longs conciliabules entre Louis-Philippe, le duc de Broglie et Adolphe Thiers, il est décidé de le nommer «Agent de France» à Lahore. Il ne sera ni ambassadeur, ni ministre plénipotentiaire, ni chargé d'affaires, ni consul: agent.

«Agent de France», titre insolite pour ménager les Anglais chatouilleux. L'établissement de relations diplomatiques officielles avec un prince, dont il n'est que trop évident que sa valeur, dernier obstacle à leur domination totale de l'Inde, les inquiète.

À Calcutta, le nouveau gouverneur général, Lord Auckland, traduit cet «Agent» en «Chargé d'affaires».

Précaution insuffisante. Palmerston, Premier ministre de Sa Gracieuse Majesté, demande à Lord Granville, son ambassadeur à Paris, d'essayer d'obtenir l'annulation de cette nomination. L'Angleterre y voit une «source de confusion» dans les rapports avec Ranjit Singh.

Londres appelle confusion le rapprochement ainsi esquissé entre Paris et Lahore, présageant une alliance officielle «à jamais intime et inaltérable» entre «les deux puissants empires de France et du Penjab», selon les termes de la lettre du duc de Broglie à son homologue sikh, dont leurs espions leur ont obtenu copie.

Là-dessus, Allard revient et Ventura s'en ira à son tour en France. Ils ne se reverront plus.

37

En décembre 1836, la corvette *L'Aube* débarque à Calcutta l'Agent de France Allard.

Le choléra s'était déclaré à bord deux mois plus tôt, le 17 octobre, tuant vingt personnes sur soixante-quatorze malades.

Ils étaient plus de trois cent cinquante dans une coque de quarante mètres sur neuf mètres au maître bau. Ils se marchaient donc sur les pieds et ce fut miracle, si, dans cette promiscuité, le mal ne les emporta pas tous.

Devant la ville un vent contraire a bloqué le navire. Pour entrer et s'amarrer il a fallu le concours du bateau à vapeur du Gouvernement général. Ce nouvel embarras de la marine française ne fut pas sans amuser les Anglais ; ils l'en tirèrent aussitôt et, pleins de tact, ne s'en amusèrent qu'entre eux. Tandis que le capitaine Lucas, fils de celui qui, en octobre 1805, à Trafalgar, commandait *Le Redoutable*, dont l'un des tireurs de hune avait enfin débarrassé la planète de l'affreux Nelson, se tordait les mains dans sa cabine et déchirait ses vêtements, enragé d'une humiliation dont il pensa périr et ne se releva jamais tout à fait.

Allard est très bien reçu par Lord Auckland, successeur de Bentinck au Gouvernement général. Auckland laisse entrer sans droits de douane ses deux cent cinq colis, dont les cuirasses et les amorces qui, peut-être, serviraient contre les soldats de la reine Victoria. C'était d'un paladin.

Ou d'un franc pragmatique, sachant bien qu'un régiment de cuirassiers et deux millions d'amorces ne changeraient rien au destin de l'Inde qui était de subir la tutelle britannique pendant un siècle encore ; c'est peu.

«*Il y a un temps pour tout*», lit-on dans la Bible au Livre des Proverbes. Le temps de l'Angleterre passerait avec celui de la France qui l'avait faite en la laissant se faire et basta ! comme jurait Avitabile à tout bout de champ ; moins souvent Ventura qui était de Modène, ville bien plus distinguée que Naples.

Allard éprouve plus loin la bonté d'Auckland. Désargenté à son retour de France, il lui demande encore un prêt de quarante mille roupies, accordé sur-le-champ.

En janvier 1837, il quitte Calcutta pour Lahore. Outre ses charges auprès de Ranjit, il y sera donc Agent de France.

Auckland écrit le 16 à Londres :

«*Nous devons naturellement nous tenir offensés que ce titre* [Agent de France], *si opposé à nos vues sur la politique en Inde, ait été conféré, et les motifs qui en sont présentés peuvent sans jalousie déraisonnable être mis en question. Mais le fait semble avoir été accepté en Angleterre…* »

Mélancolie du chef au front qui déplore poliment la mollesse de l'arrière à qui il faut obéir.

L'Agent de France aura mieux à faire, plus urgent au moins, qu'à machiner la déconfiture impossible d'Albion.

38

Le voyage en France lui a fait rater le vingt-deuxième mariage de Ranjit, épisode capital de l'histoire du Penjab, non pas en cela qu'il fut le dernier, mais en cela qu'il faillit provoquer son naufrage.

Ranjit épousa Rani Jindan au printemps de 1835. Par politique quand même, mais elle était si belle que tout le monde l'oublia. L'amour avec elle pouvait surpasser tous les calculs du monde.

Pourquoi une épouse de plus quand il disait à ses familiers «J'ai perdu le goût de la volupté»?

L'héritier Khuruk Singh ne faisait pas le poids. Sa ressemblance avec sa mère n'en faisait pas un roi. Sensible, artiste, intelligent, c'était aussi un ectoplasme. Il ne supportait pas l'alcool ni le cannabis; les promenades à éléphant lui donnaient le mal de mer; les tigres lui faisaient peur; il n'avait tué personne en combat singulier; il lisait, jouait du luth...

Longtemps, Ranjit avait espéré que ces défauts s'estomperaient; ils s'étaient accentués. Commander le dépassait. Confirmant la nullité de son héritier, une mutinerie avait secoué son régiment personnel en août 1835. Ses dragons s'étaient révoltés pour une retenue d'*une* roupie sur leur solde en règlement de nouveaux casques «à l'épreuve des sabres anglais », leur avait juré leur comptable, mais ils ne s'étaient pas laissé dorer la pilule. Leur soumission leur coûta sept morts, vingt-quatre blessés, une dizaine de noyés dans le Ravi. Quand Allard à son retour apprit cet incident il frémit : toute son œuvre pouvait dépendre des humeurs de quelques-uns.

Ne restait plus, jugea Ranjit, pour sauver l'empire, que le pari fou de faire encore un garçon qui serait digne de la fonction.

Avec qui ? Une douzaine de ses femmes auraient pu convenir. Il préféra en chercher une nouvelle dont la nouveauté le stimulerait, s'étant tellement dépensé que ses pannes étaient fréquentes. Le laudanum n'arrangeant rien, tranquillisant radical… La cour savait ces faiblesses.

Alors survint Manna Singh Aviakh, baron de premier rang, intrépide, sans scrupule, ennemi des fioritures, brut d'un coffrage rudimentaire.

Il dit tout droit à Ranjit : « J'ai une fille, Seigneur, qui réveillera ta libido.

— Montre-la-moi. »

Manna ne mentait pas. Il n'y faudra qu'un peu de temps.

Trois ans après la noce, le 8 septembre 1838, Rani Jindan mettra Dulep Singh au monde. Il sera le dernier roi sikh. Ranjit le verra naître et mourra.

Allard manqua à la fête. Les Quatre, réduits à trois, furent aux premières loges des réjouissances et cérémonies, attirant tous les regards, stimulant toutes les spéculations. Partout et toujours à l'honneur.

Leur faveur extraordinaire – récompense de services qui ne l'étaient pas moins, reconnaissaient les Sikhs impartiaux – ne cessera d'étonner jusqu'à leur départ pour l'Europe, sans Allard, mort sur place, quelques mois avant Ranjit dont l'œuvre s'écroulera très vite, démolie par l'anarchie qu'il pouvait seul juguler.

En attendant…

En attendant, ses dernières noces furent les plus somptueuses. Des fastes écrasants faisant oublier que l'époux royal, à cinquante-cinq ans, n'était plus en pleine possession de ses moyens.

Les trois compères furent observés durant les fêtes avec des attentions féroces et redoublées. On guettait avidement l'apparition de signes de discorde, qui n'apparurent jamais, au désespoir des connaisseurs de la nature humaine qui tenaient pour impossible que leurs fortunes, qui n'étaient pas identiques, n'entraînent pas entre eux des dissensions et jalousies dont on pourrait tirer parti. Après tout, ils n'étaient que des hommes, des hommes comme les autres.

Les guetteurs de faiblesses en furent pour leurs frais: les Quatre n'étaient que des hommes, mais pas comme les autres.

La force de leur amitié étonna tout le Penjab et surtout les Anglais.

On l'admira après de grands doutes et de grandes réserves, après s'être creusé la tête devant cette conjonction insultante de quatre talents, complémentaires jamais concurrents. Hasard ou destin, phénomène unique, leur harmonie fit scandale.

Quatre hommes que rien ne rapproche que leur appartenance à la Grande Armée, ne s'étant pas plus distingués que des milliers de ses soldats, se rencontrent fortuitement, l'Empire abattu. S'estiment, se choisissent, entrent au service d'un prince indien sans rien savoir de l'Inde. Avec lui, en quelques années, font d'une mosaïque féodale une puissance prospère et redoutable. Prospère, c'est bien; redoutable, c'est mieux.

Gageure insensée: y cohabitent deux religions qui ne communiquent que par massacres alternés; sous l'autorité d'une troisième que les deux premières n'ont cessé de persécuter depuis sa fondation.

Le prince qu'ils servent, qui les recruta lui-même, n'est pas non plus ordinaire. Grand expert en humanité, jugeant les hommes d'un seul regard de son œil unique.

Est-ce un miracle si les étrangers qu'il choisit pour être ses premiers serviteurs déployèrent des qualités encore supérieures à celle des mousquetaires d'Alexandre Dumas, à un niveau plus contraignant que le romanesque, transformant le réel en roman ?

Chefs d'armée tour à tour ; tour à tour gouverneurs civils de province ou d'État, rien ne put les désunir en dix-sept ans de tribulations incessantes. Ils ne furent jamais concurrents, encore moins rivaux, mais serviteurs les uns des autres. Avant *Les Trois Mousquetaires* et sur le terrain, « pour de vrai », dans des circonstances impossibles, ils incarnèrent la fidélité qui fait de ce roman l'un des plus attachants du monde.

On déplora perfidement l'absence d'Allard au mariage, car sa vertu exaspérante aurait été confrontée à la soudaine élévation de Claude-Auguste Court.

On déplorait rageusement qu'Allard fût inaccessible à l'envie, modèle insupportable de détachement, de désintéressement, de générosité. On le déplorait sans y croire, espérant sourdement que certaines circonstances pourraient faire éclater son hypocrisie.

Comment aurait-il jugé les compliments déversés sur Claude-Auguste Court, Suprême Canonnier ?

Sa réaction aurait dévoilé sa vraie nature, selon qu'il se serait réjoui de la fortune de son ami ou que l'envie l'aurait emporté. Quelle que soit sa puissance de dissimulation, les courtisans jaloux se faisaient fort de le percer à jour quand l'évidence lui ferait reconnaître que l'artillerie l'avait emporté sur la cavalerie dans l'esprit de leur maître ; le canon sur le sabre, ce qui n'était que bon sens.

S'il ne fut pas le témoin direct de la faveur qui s'abattit sur Claude-Auguste lors de ce dernier mariage, dès son retour il la constata.

On attendait au moins qu'il en prenne ombrage ; il n'en fut rien. Les jaloux une fois encore durent ravaler leur dépit pour conserver leurs espérances.

Claude-Auguste Court, si effacé qu'il se fût tenu entre ses fouilles et ses fonderies, loin de la cour, des fêtes et des compliments, fut la vedette du jour et ne put pas ne pas constater l'aigreur de certaines remarques ni la fausseté des sourires qui les accompagnaient :

« Quel dommage que le chevalier Allard ne soit pas des nôtres, il aurait mieux que personne apprécié l'estime que vous porte le maharadjah… »

Tout ce qui comptait au Penjab se pressant à Lahore, tout ce qui comptait avait repris, comme un seul homme, les louanges de Ranjit Singh à son Canonnier Principal.

Les mécontents, enragés par ce concert, négligèrent le fait que l'éloge de Court avait été prononcé en l'absence d'Allard et de s'inquiéter si ce n'était pas un hasard que, si Ranjit Singh l'avait tant loué, c'était peut-être qu'Allard était loin : n'entendant pas les compliments, il ne pouvait s'en froisser.

Quoi que les méchants puissent lui raconter à son retour, quelques minutes en tête à tête balaieraient l'amertume que leurs ragots auraient pu engendrer dans l'esprit de l'absent.

Ventura et Avitabile qui étaient là auraient pu aussi se froisser.

Ils se réjouirent si franchement que les perfides en furent pour leurs perfidies, jusqu'à se demander si les Italiens n'étaient pas vraiment des comédiens exceptionnels.

Une semaine après le mariage, leurs espoirs furent requinqués.

Une promotion de huit généraux fut nommée par Ranjit, la première en l'espèce dans l'empire du Penjab qui n'avait que des colonels. Cinq Sikhs pour contenter les principaux sirdars et les trois étrangers présents.

Allard n'en était pas. On pavoisa dans certains palais.

On osa questionner : « Général Ventura (ou Général Avitabile, ou Général Court), pensez-vous que l'absence du chevalier Allard de la liste des promotions établie par l'empereur signale un début de désaffection ? »

Ils répondirent, séparément : « Attendez, vous verrez. »

Ranjit attendait qu'il revînt de France, avide de savoir quelle nation l'emporterait, de la plus ancienne d'Europe à la plus récente de l'Inde, dans l'esprit d'un dévot de Napoléon. Il n'allait pas faire général le déserteur ostentatoire qu'Allard serait devenu s'il n'était pas revenu.

Une fois encore, il fut heureux : Allard revint.

Il fut aussitôt général.

« Maintenant, général Sahib, dit Ranjit, oublions la politique. On m'a parlé d'un écrivain qui s'appellerait Alexis de Tocqueville, auteur d'un livre impressionnant sur les États-Unis…

— Je l'ai rencontré chez le duc de Broglie, Majesté. Je lui ai parlé. Je vous ai apporté son livre, *De la démocratie en Amérique*. Je vous le lirai si vous voulez.

— Nous pourrons commencer ce soir.

— Ce soir ? Bien, Majesté. »

39

Heureusement marié pour la vingt-deuxième fois, Ranjit paraît se laisser aller. Le bonheur accable le génie. Il va faire une bêtise. De l'espèce la plus simple, une bêtise de vanité. Un autre mariage, d'un petit-fils, en sera l'occasion, pour avoir voulu en faire une démonstration de puissance, premièrement destinée aux Anglais.

En avait-il besoin ? Il le crut.

Il est bloqué partout : au nord, au sud, à l'est, à l'ouest. L'expansion territoriale, divertissement suprême des individus de sa trempe, lui est interdite. Au nord, l'infranchissable Himalaya, dont il contrôle le meilleur depuis longtemps ; au sud, l'Angleterre, attachée à confondre l'Indus et la Tamise ; à l'est, l'Angleterre encore, maîtresse du Bengale ; à l'ouest, la Perse, gros morceau, et l'Afghanistan pétaudière, énorme, informe, conservatoire de fanatiques ivres d'arriération, passionnément indomptables.

Ce *statu quo* ne peut pas durer puisque rien ne dure et que l'avenir est clair : Londres l'emportera. Il n'en a peut-être plus pour longtemps, mais quoi qu'il en soit, il ne veut pas voir ça de son vivant. Gagner du temps. Impressionner, intimider, tempérer les ardeurs limitrophes, tout cela lui paraît indispensable. Le mariage de Nao Nihal Singh, son petit-fils préféré, en sera l'occasion. Nao Nihal est fils de l'ectoplasme joueur de luth qu'est son héritier désigné ; il pense avoir trouvé en lui quelques-unes des qualités qui étaient les siennes au même âge.

Il va donner à la noce, qui aura lieu début avril, une importance particulière. Il va montrer aux Anglais toute sa richesse et toute sa force comme il ne l'a jamais fait, pour leur donner encore à penser.

À penser toujours la même chose : le Penjab vaut qu'on s'en méfie. Il n'a jamais été une proie et, plus fort que jamais, l'est moins que jamais. Il est redoutable. Montrer sa force, principe premier.

Montrer donc la Légion française.

La montrer tout entière à ses invités britanniques qui n'ont rien de pareil à lui opposer. La Légion maintenant surclasse la Compagnie dans deux domaines décisifs : la cavalerie lourde et surtout l'artillerie.

Il a souvent invité les Anglais à des exercices et manœuvres qui les ont toujours épatés ; il veut cette fois les estomaquer. Son artillerie est plus puissante, rapide et précise que la leur. Il va la déployer entière pour la première fois. Effarés, les survivants de Waterloo y retrouveront celle de l'Empereur, dont la cadence infernale les avait tenus aux abois, à plat ventre dans la boue sur le Mont-Saint-Jean, toute la journée jusqu'à Blücher.

Ranjit est sûr de son effet. Après le spectacle, on ne pourra même plus songer à lui être désagréable.

Toutes les unités « françaises » sont donc présentes à Lahore, en grande tenue, entraînées au taquet, splendides et redoutables, avec leurs terribles chefs. Les Anglais les admirent, les admirent et s'inquiètent ; Ranjit se frotte les mains.

Mais, pour être à Lahore en avril, elles ont quitté Peshawar fin mars.

Dost Mohammed le sait. Il n'a devant lui que les Sikhs classiques, certes commandés par leur meilleur général, Hari Singh Nalwa, grand ami d'Allard, mais très inférieurs en nombre. Dost peut croire que ses gros bataillons – il n'a jamais disposé de forces aussi importantes – surclasseront le talent de son adversaire. Il démarre.

Parti de Kaboul, le 13 avril 1837 il est à Jellalabad, à mi-chemin de Peshawar; lui reste à franchir Khyber.

Le 21, Hari Singh alerte Ranjit: d'énormes forces afghanes attaquent le fort tout neuf de Jamroud, qu'il a lui-même construit à l'entrée de la passe. Sa garnison de six cents hommes dépourvue de canons se voit encerclée par vingt mille Afghans. Les communications sont coupées. Les tribus de la région, ralliant le *djihad*, ont coupé l'eau aux assiégés. Pour tempérer cette mauvaise nouvelle, il annonce avoir renforcé les fortifications de Peshawar... Il y aurait plus rassurant.

Le 27, la fête finie et les Anglais éberlués, Ranjit, dépassé par sa démonstration, envoie les Quatre, réduits à nouveau à trois, rétablir la situation. La Légion monte vers le nord à marche forcée.

Le 29, Hari Singh décide de secourir Jamroud, d'en percer l'encerclement et de s'y enfermer pour attendre Allard.

Le 4 mai, la nouvelle d'une révolte générale des tribus de Peshawar arrive à Lahore. Hari Singh n'a pas pu s'enfermer dans Jamroud. Il a été battu. Il est blessé. Circule bientôt le bruit de sa mort.

Les musulmans se voient déjà libérés des Sikhs. Ils affûtent leurs couteaux: Allah le veut. En Europe, mille ans plus tôt, les chrétiens, dans le même esprit, bouclaient leurs sacs pour Jérusalem.

Ranjit prévoit le pire. Sur les dents, il organise la défense de Lahore et celle d'Amritsar, sa capitale et sa ville sainte. Il l'avait fait une première fois en 1813, mais alors il était loin d'être ce qu'il est.

Le 6, on lui confirme la mort d'Hari Singh Nalwa. Il ne retient pas ses larmes.

Le 9, les «Français» dégagent Jamroud et ravitaillent sa garnison, réduite à une bande de spectres par la faim, la soif et la dysenterie.

Les *ghazis* refoulés retournent à Khyber, s'installent à Ali

Masjid, vieille forteresse symbole de leur gloire ancienne, coiffent les hauteurs qui la dominent pour la mettre hors d'atteinte des canons sikhs; ils se méfient du général Court qui est capable de tout. Ces hauteurs sont raides à rebuter des chèvres. Mais on ne sait jamais: le général Court est un diable.

Une fois là, ils narguent leurs poursuivants: «Quand vous serez fatigués de camper ici, nous vous ramènerons à Lahore.»

Ils se méfiaient du général Court, mais ne s'en méfiaient pas assez.

Sûrs d'eux-mêmes, se gardant à peine, l'installation acrobatique d'un ensemble de batteries, hissées dans des positions impossibles à bonne portée au-dessus des leurs dans une discrétion d'outre-tombe, leur échappa. Soudain, un matin au lever du jour, leurs positions inexpugnables sont arrosées d'obus fusants inconnus dans ces parages. Ils déguerpissent une fois de plus vers leurs ressentiments.

Avant midi, ils avaient disparu dans les solitudes qu'ils ne peuplent qu'à regret.

Les cavaliers détachés par Allard pour observer leur retraite les verront souvent se retourner pour agiter le poing vers le sud avec des imprécations, proclamant notamment comme l'Américain Mac Arthur, forcé d'évacuer Corregidor, le fera un jour du XXe siècle contre les Japonais: «Nous reviendrons!»

Les Afghans sont indomptables. Qui les fait tels? La nature, comme le soutiendrait sûrement Montesquieu? Ou le Coran? Les deux sans doute.

Ranjit fait tirer le canon de sa victoire dans toutes les villes de son empire. Les musulmans se ravisent: il n'est pas le pire des empereurs. Ils rangent leurs couteaux. Les Anglais s'exhortent à la patience: ce n'est pas encore cette fois que la Compagnie s'augmentera du Penjab.

Lord Auckland envoie de Calcutta au maharadjah de Lahore ses félicitations les plus chaleureuses.

40

« C'est ma faute », dit Ranjit à ses mousquetaires.

Il les a convoqués tous les trois ensemble.

Les généraux chevaliers hochent la tête et n'ouvrent pas la bouche.

« Je n'aurais jamais dû vous faire venir du nord, Hari Singh serait encore vivant. Dost Mohammed est enragé. Je l'ai sous-estimé. Faute majeure. Pardonnez-moi. »

Il baisse la tête pour exprimer sa contrition.

L'empereur vainqueur s'humilie devant ceux qui ont vaincu pour lui.

Les héros baissent la tête aussi pour ne pas voir leur empereur s'abaisser de la sorte.

Nouveau silence. Respectueux et consterné. Ranjit relève la tête, son œil unique brûle d'un feu sombre.

« J'ai pris les dispositions suivantes : le chevalier Avitabile est gouverneur de Peshawar et de sa province. Le chevalier Allard en est le gouverneur militaire, assisté du chevalier Court. Je veux connaître vos besoins pour remplir ces tâches. Je veux les connaître vite. »

Par une lettre rédigée dans la nuit et signée d'eux trois, Allard, Avitabile et Court, ils réclamèrent treize régiments, onze d'infanterie, deux de cavalerie. Ils leur furent accordés le jour même.

C'était de l'infanterie ordinaire et de la cavalerie banale, mais, le fait était constant depuis quinze ans qu'ils opéraient pour Ranjit, sitôt soumis à leur autorité les soldats les plus médiocres changeaient de condition. L'affectation à la Légion transformait le troupier le plus nonchalant en soldat d'élite. Une émulation surprenante le portait dans l'instant à la perfection de cet état si décrié qu'est l'état militaire. Ils devenaient méconnaissables du jour au lendemain.

Du caporal au maréchal, le charisme d'un chef fait toujours des miracles. Quand ils sont trois, toute limite saute.

Huit jours après, ils prenaient la route du nord avec sept mille hommes.

L'infanterie traversant les villages au pas, impeccable, tambours en tête, escortée par des centaines de gamins enthousiasmés, quelle que soit leur religion, et de chiens surexcités.

Les cavaliers s'annonçaient de loin par leurs trompettes. La population se rassemblait pour les voir passer. Elles cessaient de sonner à l'entrée des agglomérations. Astuce publicitaire imaginée par Ventura ; leur silence soudain, l'interruption d'une musique très exaltante, provoquait selon lui chez le spectateur une sidération, un sentiment de frustration et l'attente – « attente avide », disait-il – de sa reprise.

On n'entendait plus que les chevaux. Les fers frappant les cailloux en tiraient des étincelles qui fascinaient la jeunesse. Beaucoup de petits garçons, presque tous ravissants, se seraient précipités dans leurs jambes pour les attraper, comme ils le faisaient au crépuscule après les lucioles, si leurs mères ne les avaient retenus en riant, avec des exclamations faussement alarmées, tandis qu'ils se débattaient entre leurs bras.

Les femmes mûres, oisives sur le pas de leurs portes, affichaient la mine austère que leur intime compréhension du monde et des illusions de la jeunesse leur dictait.

À la sortie, fin du suspens. Les trompettes levaient le bras et faisaient tous ensemble tourner leurs instruments dans leur poing – le cuivre accrochant les rayons du soleil en faisait autant de petits satellites dansants – avant de les emboucher de même.

Les stridentes fanfares d'adieu plantaient dans le cœur des spectateurs sidérés une mélancolie qui serait longue à se dissiper, tristesse vague de ne pas être de ces hommes qui s'éloignaient. De ces hommes qui partaient vers le nord, dans ces uniformes flamboyants, avec ces armes qui faisaient de chacun d'eux l'arbitre potentiel, entre la vie et la mort, de destinées supposées innombrables, vers une vie plus grande que la leur, au moins le croyaient-ils, n'en sachant rien. Spectateurs incapables d'imaginer que le destin de beaucoup de ces centaures rutilants serait leur transformation en charognes bien avant eux-mêmes.

Auraient-ils pu l'imaginer, ils ne s'y seraient pas arrêtés, envoûtés par une parade qui les avait sortis d'eux-mêmes, ne fût-ce qu'un instant, pour leur faire entrevoir qu'ici-bas le terre-à-terre n'est pas tout.

Ranjit Singh les avait reçus avant leur départ pour leur donner ses instructions, qu'ils savaient déjà par cœur en étant les inspirateurs.

Ils étaient seuls : le Lion du Penjab et les Trois présents. Au grand dam renouvelé des sirdars de la cour qui souffraient tellement de ces apartés.

Que leur disait-il ? Que lui disaient-ils ? Ils enrageaient de n'en rien savoir sinon ce que les intéressés voulaient bien leur en dire.

Allard avait depuis longtemps informé Ranjit qu'il provoquait par là beaucoup de frustrations.

« Et contre nous-mêmes, Majesté, beaucoup de jalousies, qui pourraient nuire à votre service.

— Je sais tout cela, chevalier Allard, mais je crois nécessaire la distinction que j'établis entre vous et mes sirdars. Ils ne sont pas à plaindre, vous savez. Et un chef a besoin de mystère. »

Les choses en étaient restées là.

« Je suis fatigué, commença-t-il, je ne me sens pas bien. Les Afghans me fatiguent et les Anglais m'angoissent.

— Majesté... dit Allard.

— C'est l'âge, dit Ranjit. Qu'y faire ?

« Vous êtes jeunes, reprit-il, à l'adresse des deux autres, je ne sais pas si je dois vous envier. Mais vous, chevalier Allard, qui êtes à peu près mon contemporain, n'êtes-vous donc jamais fatigué ? »

Allard confessa éprouver des douleurs dans la poitrine et quelquefois dans les mollets des crampes qui l'empêchaient de marcher.

Ranjit parut satisfait de n'être pas seul à subir des désagréments physiques. Il dit :

« Ah, vous aussi ! Je connais ces crampes. Elles sont notre lot, à nous autres cavaliers qui ne marchons pas assez. Nos mollets sont mécontents de ne pas être assez sollicités et ils se vengent. Il faudrait marcher, paraît-il, autant que chevaucher. Mon médecin me l'a assuré. »

Quel médecin ? Il en changeait comme de chemise.

Le dernier était un Brésilien de Bahia, imbattable en vaudou et autres magies.

« Assez parlé de nos douleurs. Je disais que les Afghans me fatiguent et que les Anglais m'angoissent. Je crois connaître un moyen de nous débarrasser de ces embarras. »

Il l'exposa. C'était très simple : il ne fallait que les mettre en relation. N'importe quelle relation, amicale ou hostile, peu importait. Les occuper ensemble si bien qu'ils n'auraient plus le temps de s'occuper d'autre chose. Les uns de descendre sur Peshawar une fois par an ; les autres de manœuvrer en coulisses du matin au soir pour absorber le Penjab.

Il fallait donc ou qu'ils s'allient ou qu'ils se combattent. Il fallait rompre dans un sens ou dans l'autre l'espèce de neutralité sournoise qu'ils observaient mutuellement. En guerre ou en paix, trop occupés ensemble, l'Afghanistan et l'Angleterre se neutraliseraient mutuellement vis-à-vis du Penjab et le Penjab vivrait heureux.

« Qu'en pensez-vous ? »

Ils pensaient que c'était brillant. Que l'exposé du maharadjah résultait d'une brillante réflexion…

« Reste à choisir, Majesté, dit Allard, entre la paix et la guerre. Mais ce choix est merveilleux puisqu'il ne nous concerne pas. Vous le circonscrivez, vous le limitez à l'Angleterre et à l'Afghanistan. Vous vous érigez en arbitre en quelque sorte…

— En quelque sorte ? Je dirais mieux. Je dirais arbitre tout court.

— Arbitre tout court, oui, dit Avitabile d'un ton très neutre.

— Comment lancer le processus ? demanda Claude-Auguste Court.

— Par Shuja, Shah Shuja ul-Mulk, dit Ranjit l'œil étincelant. Vous auriez pu le deviner. »

Ranjit dit que Shuja était son ami, l'ami des Anglais et le roi désiré par beaucoup d'Afghans qui regrettaient les Durrani « comme les Vendéens les Bourbons » contre le Barakzaï Dost Mohammed Khan.

« Shuja est la clé de tout.

— Excellent, Majesté ! dit Allard. Et il n'y a même plus de choix. La guerre n'est plus une option. Avec Shah Shuja, vous avez choisi la paix.

— Pas tout à fait. Notre cher Dost Mohammed ne partira pas tout seul. Il faudra le pousser.

— Alors il faut se rapprocher des Anglais. Participer au rétablissement de Shuja, dit Claude-Auguste Court.

— Les laisser se rapprocher… Chevalier Ventura, vous mettez le doigt sur cette angoisse que j'évoquais tout à l'heure. Comment se rapprocher des Anglais sans qu'ils vous étouffent ? Il faudrait au contraire s'en éloigner le plus possible. Ne jamais les voir. Ne jamais en voir. Faire comme si l'Angleterre n'existait pas… Impossible ! De toute façon, il est trop tôt.

— Trop tôt, Majesté ?

— Beaucoup trop tôt. Nous ne sommes pas prêts.

— Prêts à quoi ?

— À les battre. Vous le savez bien. Qu'avez-vous fait en

Europe ? Vous faites – comment dit-on en France ? – l'âne pour avoir du son.

— Majesté, pardonnez-moi, j'espère ne pas en être là. Il est trop tôt, dites-vous. Oui. Mais un jour il sera trop tard.

— Expliquez-vous.

— La puissance de l'Angleterre ne cesse d'augmenter. Ne cesse de s'étendre. Sans bruit, sans trop de bruit. Doucement. Doucereusement, la Compagnie étend ses tentacules, multiplie les accords lénifiants qui déchargent leurs signataires du souci de gouverner. "Ne vous souciez de rien, nous nous occupons de tout." Ils ne mentent pas, ils s'occupent vraiment de tout. Combien de rajahs et de maharadjahs se sont rendus à ces sirènes ?

— Combien ? On le sait bien. Il suffirait de compter. Des centaines. Beaucoup trop, quoi qu'il en soit.

— Considérez leur minutie, Majesté. Louis-Philippe, roi en France, a longtemps délibéré avec ses principaux conseillers pour trouver le titre diplomatique qu'il oserait accorder à votre serviteur et qui ne froisserait pas l'Angleterre. Il s'est arrêté à celui d'agent. Il m'a nommé Agent de France, le plus anodin des titres possibles. Mais rien n'est anodin pour Londres.

« Pour Londres il n'y a pas de détail ; les Allemands disent autrement, disant que le diable s'y niche. Vauban, que vous admirez, disait dans l'esprit de son temps "Une grande passion songe à tout"… Les Anglais ont pour l'Inde une de ces grandes passions. Sans être désintéressée, elle n'en est pas moins grande.

— Où voulez-vous en venir ?

— À cela, Majesté, que le titre si modeste d'Agent de France a inquiété Palmerston au point de demander à son ambassadeur d'obtenir sa révocation. Vous niant le droit d'accueillir à votre cour aucun représentant officiel d'une puissance qui ne serait pas l'Angleterre. Ils veulent bien d'Allard chez vous, mais pas d'Allard Agent de France.

— Il y a quinze ans, vous recevant pour la première fois, je vous ai demandé de combien de temps vous auriez besoin pour me faire une vraie armée. Vous m'avez répondu quatre ans et vous l'avez faite. Elle n'a pas cessé de se battre et n'a jamais été battue. Elle n'a jamais été battue parce qu'elle n'a jamais trouvé d'adversaire à sa mesure. Il n'y en a qu'un, toujours le même, qui ne s'est jamais déclaré parce qu'il n'en a pas besoin.»

Ranjit n'avait jamais été aussi mélancolique.

41

On se rapproche de Shuja ul-Mulk, dont on ne s'était guère éloigné.

Il y avait maintenant trente ans qu'il avait perdu son trône et serait mort depuis longtemps si la rage d'y revenir ne l'avait maintenu en vie. Sa défaite face à Dost Mohammed devant Kandahar avait exaspéré cette fureur. À son souvenir, il grinçait des dents.

À peine lue la lettre de Ranjit Singh, il saute à cheval devançant d'une journée le messager pourtant bien monté qui la lui a portée, à croire qu'il monte un cheval volant.

Ils se comprennent en peu de mots :

« Si tu veux, on recommence, dit Ranjit d'emblée, après des salutations accélérées.

— Si je veux ! » s'exclame le vieux, soudain rajeuni de vingt ans.

Il a les cheveux tout blancs et la barbe toute noire avec des yeux verts, héritage indéniable d'une ascendance steppique à rechercher chez les premiers Huns de la Mongolie du Nord ou de la Sibérie méridionale.

L'accord est instantané, sans réserves ni arrière-pensées. Mais il y manque un tiers, le tiers principal.

« Où en es-tu avec les Anglais ?

— Nous nous faisons de grandes politesses.

— J'en suis là aussi. À part ça, nous causons toujours.

Il faut toujours causer. On parle de tout. Beaucoup de toi. Devine pourquoi.

— Je n'y vois qu'une raison : ma restauration.

— Ils t'ont fait des avances ?

— Des allusions conditionnelles.

— Je ne vois pas bien.

— La condition principale serait que je m'engage à ne rien faire avec les Russes. Ils les craignent. Ils les voient venir par le Caucase. Innombrable, l'armée russe, par rapport à l'anglaise. Les Anglais, bons sur mer, ont besoin de seconds sur terre.

— La cavalerie de Saint-Georges », précise Ranjit.

Le vieux Shuja s'est cultivé durant ses exils. Il a étudié l'Histoire. Dans sa jeunesse, il ne s'intéressait qu'aux chevaux, aux femmes et aux faucons. À quelque chose malheur est bon. Il acquiesce :

« Oui, saint Georges et sa cavalerie...

— Tu ne vas pas te faire chrétien ? dit le Sikh.

— Je devrais te tuer pour ça.

— Donc les Anglais craignent les Russes et cherchent à t'enrôler ? Ils ont raison. »

Shuja reprend :

« L'Afghanistan, État-tampon sous un monarque complaisant qui pourrait être moi. Voilà leur dessein. Je ne suis pas contre...

— Nous sommes vieux, toi et moi, continue Shuja. Après nous... Si nous faisons affaire, je serais leur créature à Kaboul ou Kandahar, le temps pour eux de voir venir et pour moi d'aller au ciel.

« Toi, tu leur garderas le Penjab que tu as bâti, puis ils te succéderont. Tu as le beau rôle, de nous deux. Tu es un bâtisseur dont ils respectent la bâtisse.

— Tu es un grand analyste.

— N'est-ce pas ? »

En décembre 1838, à Firozpour, sur le Sutlej, l'un des cinq fleuves qui font le Penjab et celui qui constitue sa frontière orientale face à l'Angleterre, Ranjit Singh rencontre Lord

Auckland, gouverneur général des Indes britanniques, pour sceller une alliance encore plus étroite que les précédentes.

La restauration de Shah Shuja ul-Mulk sur le trône de Kaboul est au programme.

Ranjit y préside la plus grande revue de son règne : vingt-cinq mille hommes de troupes nouvelles ; les brigades spéciales françaises sont restées dans le Nord, montant la garde au débouché de Khyber où Hari Singh Nalwa était mort.

Troupes magnifiques, habillées de neuf, manœuvrant superbement, au visible embarras des officiers britanniques. Pour l'apaiser ils observèrent que c'étaient des recrues qui n'avaient jamais vu le feu et dont l'encadrement n'était pas assez étoffé.

« Il manque d'officiers… »

Il, c'est Ranjit.

Au moins deux ans, plutôt trois, seraient nécessaires avant que ces bataillons puissent inquiéter ceux de la Couronne. D'ici-là, ils seraient tranquilles.

42

Les Afghans se tiennent à carreau. C'est inquiétant. Que mijotent-ils ?

Le renforcement constant de l'alliance entre Lahore et Calcutta les fait peut-être réfléchir. Dost Mohammed ne peut pas ignorer la remontée de Shuja ul-Mulk à la bourse asiatique des pronostics politiques. Le vaincu lamentable de Kandahar a trouvé des soutiens redoutables.

Ranjit se consacre au creusement de canaux qui vont doubler les surfaces irriguées de ses domaines, augmenter fortement leur prospérité, attiser encore les convoitises de ses voisins.

Il rêverait, l'âge aidant avec le laudanum, de réduire son budget militaire ; le voisinage de l'Angleterre le lui interdit. Alors il l'augmente.

Renforcer son armée ne lui déplaît pas. Ses forces le quittant, il compense par là cet affaiblissement. Les Quatre – moins Ventura, toujours en France – y gagnent un pouvoir de plus en plus vaste.

Accablés de nominations de plus en plus flatteuses, ses « Français » se multiplient : recruteurs, instructeurs, gouverneurs de places, intendants dans les provinces, gouverneurs de province, chefs d'armée… Partout maîtres-jacques d'une activité galopante. Les paysans, superstitieux, leur prêtent le don d'ubiquité.

La majorité des barons persiste à les bouder. La haine des plus virulents n'a pas désarmé, toutefois la jalousie évolue, se mêle chez certains d'une espèce d'admiration, réticente et contrainte, d'autant plus vraie. Reconnaissance forcée de leurs capacités, respect analogue de leur décourageante unité.

Une minorité de sirdars, s'étoffant avec les années vu la constance de leurs succès, les accepte.

Les sceptiques qui avaient cru inéluctable qu'ils se brouillent – « Un jour ou l'autre, ils se déchireront » – n'avaient pas songé que leurs intérêts, toute affection à part, leur commanderaient de rester unis. Ils avaient parié l'inverse : ces intérêts divergeraient et les sépareraient.

Affection à part...

Les plus subtils des seigneurs sikhs soupçonnèrent autre chose entre eux ; un autre ciment que l'intérêt matériel.

Ils s'aimaient, peut-être... Certains s'en étaient ouverts à leurs femmes qui, toutes, avaient confirmé ce soupçon : « Ils s'aiment, bien sûr ! »

De l'une de ces amitiés mythiques et même mythologiques : Castor-Pollux, Nisus-Euryale, Montaigne et La Boétie... Et les dépassant toutes puisqu'ils sont quatre, plus différents qu'on ne peut l'être.

Une poignée d'obstinés ne veut pas s'avouer vaincus, persistant à échafauder des plans de discorde.

D'où pourrait-elle venir ?

« Ils sont quatre. Deux Français, deux Italiens ; s'il y a une faille, elle est là... »

Les deux Français, Allard et Court, vrais Pères la Vertu, ne laissent rien espérer. Les Italiens pourraient être moins rigides... Pourquoi eux ?

C'était la faute au capitaine Coignet.

En 1835, la célébrité n'avait pas encore touché cet officier aux grenadiers à pied de la Garde, dont les *Cahiers* ne seraient publiés qu'en 1851, à Auxerre, chez l'imprimeur Perriquet qui a fermé il y a longtemps.

Cette année-là le Neveu succédait à l'Oncle, suscitant au

moins en France un regain d'enthousiasme pour la légende de l'Aigle.

En 1835, Coignet, demeuré illettré jusqu'à trente-trois ans – ce fut la Garde qui lui apprit à lire et écrire –, n'avait encore que des liasses de notes, jetées au jour le jour sur de mauvais papiers au fil de ses campagnes, d'une écriture de moins en moins hésitante suivant ses progrès d'écolier têtu.

Il avait rencontré Allard en Italie, à Brescia, avant cette première bataille du Mincio, à l'automne de 1799, où selon Coignet lui-même, toujours Saint-Jean-Bouche-d'Or, « nos troupes furent battues à plate couture ».

De part et d'autre d'un feu de bivouac, ils avaient échangé quelques impressions de voyage. Allard émerveillé par Giotto, le Caravage, Botticelli... jugeant mièvre Raphaël, Léonard fabriqué et l'Angelico beaucoup trop naïf; Coignet jugeant le peuple, et mal, à l'emporte-pièce.

Ainsi ces navrantes remarques : *« Les Italiens prirent les armes avec nous ; ces soldats ne sont propres qu'au pillage et au jeu et à déshonorer une armée. »* Ou : *« Il faut toujours être sur ses gardes avec ce peuple jaloux. Votre vie est en danger jour et nuit. »*

Nul doute qu'il n'ait tenu ces propos au sous-lieutenant Allard, si réducteurs, révoltants même, qu'ils étonnent encore d'un homme aussi excellent que Jean-Roch Coignet, serviable, bienveillant, brave à faire peur, bien qu'il fût le plus petit de tous les grenadiers de la Vieille, n'ayant dû son engagement qu'à une fraude initiée par Davout en personne (Davout l'Invaincu, dit *la Bête*).

Alors général et colonel-général des grenadiers à pied, Davout lui avait conseillé de glisser dans chacun de ses bas deux jeux de cartes avant de passer sous la toise pour atteindre la taille requise – six pieds dans la Garde – car il lui manquait six lignes.

Il n'avait ni bas ni cartes, il acheta les deux, atteignit les six pieds, entra dans la Garde et n'en sortit plus qu'à sa mort à quatre-vingt-trois ans, rien ne prouvant qu'au paradis il en soit sorti.

Les ennemis les plus intraitables des Quatre avaient tenté d'exploiter, les prenant pour argent comptant, les amalgames scabreux du petit grenadier.

Ventura fut inébranlable, de même Avitabile, tous deux imperméables à tous les germes de dissension. Les jaloux en furent réduits à continuer de grincer des dents.

Acceptés, les Quatre restaient incompréhensibles.

On les aurait mieux compris si leur passé – leur engagement commun dans l'entreprise de Napoléon, qui déclassait toutes les tentatives antérieures, non pas d'empire, assez banales, de confusion d'un seul homme avec l'histoire du monde – n'était pas resté dans l'ombre.

La guerre en avait été l'expression la plus visible. La tapisserie flamboyante et sanglante des batailles avait masqué au grand public l'évolution de la société vers la liberté révolutionnaire. Dans les peuples concernés, le sentiment que cette liberté n'avait pas changé de camp avec la fondation de l'Empire, qu'elle n'avait pas émigré chez les rois et restait chez l'Ogre, avait persisté. La suppression par Beethoven de sa dédicace de sa troisième symphonie à Bonaparte, quand il se fut couronné empereur, n'avait rien changé. Même Beethoven pouvait se tromper. Confondre la forme et le fond.

Les ennemis des Quatre avaient négligé de tenir compte qu'après avoir été associés à cette entreprise, à quelque niveau que ce fût, du maréchal au seconde classe, le retour à l'ordinaire était si déprimant que les natures énergiques ne pouvaient pas l'accepter et que les plus énergiques allaient plus loin qu'un refus passif. Après 1815, ils refaisaient leur vie de manière à réduire autant que possible le gouffre qui séparait leurs grandes années de la misère présente en Europe. Misère morale, la seule qui compte.

L'Europe des royautés bourgeoises, des peuples tenus pour rien, des vies vouées à la médiocrité faute d'espérance, les demi-soldes dont ils étaient n'en avaient pas voulu. Ils étaient partis unis. Et indissociables.

Incrustés dans le système féodal qui perpétuait leurs fortunes, les sirdars ignoraient tout de l'Europe avortée à Waterloo, où s'étaient formés les Quatre.

89, la nuit du 4 août, 93, l'établissement de la République, la proclamation téméraire de l'intenable égalité ne leur disaient rien. Ils étaient vieux à la naissance, innocents de préjugés trouvés au berceau.

Mais ils avaient un point commun avec leurs bêtes noires : ils étaient hommes de guerre. Une complicité essentielle pouvait s'établir. Ces gens-là ne se font pas de la mort la même idée que le reste des hommes. Certes ils ne sont pas tous disciples de François d'Assise : la mort n'est pas toujours leur sœur. Au moins n'en exagèrent-ils pas l'importance et, partant de là, on peut s'entendre à peu près sur tout.

Ainsi, certains de ces sirdars médiévaux finirent-ils par s'accorder avec les rescapés d'une armée qui avait devancé l'avenir, les autres durent les supporter.

Il n'était que d'attendre. Les Français n'étaient pas éternels et Ranjit non plus. Même l'Angleterre ne l'était pas. *Patience et longueur de temps…*

43

Ranjit Singh est critiqué, comme tout le monde, à juste et moins juste titre. Ses critiques restent discrets. Prudence ? Ou décence ? De quoi peuvent-ils le critiquer ? Malgré le réchauffement des relations avec les Quatre, ils trouvent que leur maître les aime encore trop. Ils se cantonnent en conciliabules dans leurs salons tapissés de miroirs où la multiplication des images de soi peut en faire perdre la notion.

Soit mille miroirs sur quatre murs posés côte à côte, du sol à leur plafond. Où qu'on regarde, on se voit mille. Que peut-on ressentir de pareille multiplication ? Comment ne pas s'interroger sur soi ? Qu'éprouver ? Extase ? Dégoût ? Méfiance ? Indifférence ? Quelle est la vraie de toutes ces images ? Quelle est la bonne ? D'infimes différences les distinguent toutes. Qui suis-je ? Que sais-je ? Ce dispositif décoratif, qui dépasse toute décoration, est certainement issu d'une très antique sagesse, d'un détachement qui défend de se prendre au sérieux, obligeant à s'oublier pour ne pas se perdre. Ainsi la réflexion, très renforcée par cet oubli, est souvent de qualité supérieure. Les raisonnements sont plus droits, leurs conséquences meilleures ; les seigneurs sikhs, au moins, en sont persuadés.

Acerbes en début de soirée les orateurs s'adoucissent

comme la nuit passe. Les sujets abordés, dont Ranjit Singh est inséparable, ne varient pas. D'abord la guerre, c'est leur métier; puis les Quatre; puis, dans la foulée, l'Occident, sa suprématie, ses causes, son avenir. Ils examinent inlassablement leurs actions passées, refaisant les batailles où ils étaient ensemble, y trouvant beaucoup à redire. Ces batailles sont de deux sortes, sans les Quatre, avec eux – l'un au moins d'entre eux. Avant les Quatre, ils étaient forts, vainqueurs le plus souvent… Le plus souvent, pas toujours. Avec les Quatre, c'est toujours.

Ce constat alarmant les tire vers l'Occident d'où les Quatre sont venus, comme les Anglais bien avant eux, remarquent-ils sombrement. Reprenant donc sans bien le savoir, s'en doutant toutefois, l'obsession de Ranjit Singh: l'insupportable hégémonie des nations du couchant.

Quand ils sont las de rabâcher et la nuit très avancée, une marotte souvent fait surface: les amours des Quatre. Là encore ils voient deux partis: l'un italien, l'autre français. Les Français leur inspirent les commentaires les plus nourris.

Les Italiens s'étant constitué des harems, ainsi qu'eux-mêmes, cette économie les rapproche. Partageant avec eux la même idée de l'amour, ils n'ont rien à en redire.

Les deux Français n'ont qu'une femme. Sans paraître, grande énigme, en souffrir. Grand mystère pour les sirdars. Ils la commentent sans fin. Passer tout son temps avec une même femme inquiète les moins éveillés.

À quoi tient cette préférence? Les plus nombreux qui sont les plus simples y voient faiblesse de tempérament. D'autres s'interrogent.

Pour ces derniers, la différence est troublante, à douter d'eux-mêmes et de leurs croyances.

Si l'amour peut être unique dans l'espace et dans le temps, n'est-il pas supérieur au désir vagabond?

Ils disputent sans fin là-dessus sans trop de nuances:

« Supérieur? Inférieur, oui! Faiblesse! Infirmité!

— Quand les femmes sont au harem, on ne perd pas de temps comme en Europe à les pourchasser.

— Leur chasse aussi est un plaisir.
— Je préfère la chasse à l'Afghan.»
Approbation générale.
«En Europe, paraît-il, la fidélité... fait timidement un jeune sirdar qui est allé à Calcutta où il a parlé à des Anglais.
— La fidélité à quoi? le coupe un vieux baron. En dehors du Guru Nanak, il n'y a de fidélité qu'à soi-même.»
Cet ukase soulève des acclamations.

L'ivresse, la musique et les progrès de la nuit inspirent donc à ces philosophes des raisonnements merveilleux. Les amours exclusives d'Allard et de Court les entraînent à des questions qu'ils ne se seraient jamais posées sur les deux systèmes: monogamie, polygamie. La première si anormale; la seconde toute naturelle – les animaux montrant la voie – et satisfaisante.

«Il y a des animaux fidèles... laisse tomber quelque pervers.
— Les tigres?»
Certains disent oui, d'autres non.
«Les éléphants le sont», affirme sans trembler le fils d'un seigneur ruiné, qui a fait le cornac pour vivre dans sa jeunesse et en a très bien vécu, recouvrant titres et fortune bien avant que la vieillesse ne lui en efface les avantages.

Ils finissent par s'interroger sur les femmes elles-mêmes, conscients de n'y rien comprendre, comme dans de vraies cours d'amour. Qui sont-elles?

Elles ont une âme, en vrais Sikhs ils l'admettent. Mais quelles sont leurs préférences? En ont-elles? Beaucoup en doutent. Les plus fins n'en doutent pas, soupçonnant qu'elles s'interdisent de les exprimer. Que pensent-elles de l'amour même? Y pensent-elles? Peuvent-elles seulement y penser? Pensent-elles seulement?

Ils évitent de répondre et fuient le sujet de peur de s'y perdre et d'augmenter l'inquiétude diffuse qu'ils éprouvent tous, plus ou moins mais tous, jusqu'au plus insouciant d'entre eux, à la pensée d'un lendemain qu'ils devront partager, quoi qu'il arrive, avec les mêmes questions.

Leur fortune présente ne pouvait pas durer. Elle était trop belle. L'équilibre maintenu par Ranjit Singh entre l'Angleterre et le magma afghan était condamné; ils le savaient tous et surtout le sentaient. Leur gloire et cette fortune ne tenaient qu'à un fil, la vie de Ranjit Singh. Lui seul tenait tout et il n'allait pas fort.

Leurs discours s'éternisaient dans les longues nuits des palais dorés aux salons miroitants, cernés à la belle saison par les chauves-souris géantes, duveteuses et frugivores, qui dévastaient leurs vergers princiers dès le crépuscule, pour à l'aube aller se pendre la tête en bas au sommet des banians énormes, grappes noires, amas frémissants de songes sinistres, monstrueux et menaçants quand on les voyait pour la première fois. Amas d'aspect si maléfiques, pourtant composés des créatures les plus amènes du monde. Inoffensives. Et douces.

Les guerriers héréditaires, Purs parmi les Purs, élite du *Khalsa,* ivres de cannabis et d'alcools exotiques – cognacs français, gin britannique, portos portugais –, importés par la Compagnie haïe, ne refont pas le monde, n'en ayant ni le désir ni la capacité.

Ils redoutent assez noblement, sans insistance aucune, avec un détachement d'immortels, de le voir bientôt changer contre eux.

« Il faut ouvrir les yeux, disent les plus éclairés de ces féodaux. Ils bougent, bougeons. »

Ils ? Les autres. L'étranger. L'étranger d'Occident.

Comment bouger ?

Les progrès des émissaires, mandatés ou francs-tireurs, des puissances de l'Ouest étaient permanents.

Des Russes, maintenant, traînaient dans le pays. Leur tsar avait arraché de grands morceaux de Caucase à la Perse. Ils se promenaient surtout en Afghanistan, à Hérat, Kaboul, Kandahar. Aimables, curieux, polyglottes, pervers…

Les Anglais, quand ils les évoquaient, semblaient mal à l'aise. Leur flegme se fissurait. Comme s'ils étaient redoutables. Cela dit, les Russes étaient loin, les Anglais tout proches.

Les sirdars ignorent les pensées de leur maître, pas assez pour ne pas douter que, derrière ses truculences et sévérités savamment alternées, il était inquiet. Comment ne saurait-il pas qu'à lui seul il tenait tout ?

Ce doute s'imposait toujours et, rabâchages d'ivrognes, les conversations revenaient à leur point de départ : à quoi tenait cette situation ? Cette prépondérance.

« Nous ne sommes pas plus bêtes. Nous sommes curieux, nous apprenons vite et ne sommes pas paresseux. Alors ? Pourquoi viennent-ils chez nous et non pas nous chez eux ? »

C'était la faute aux circonstances. À la coutume, autrement dit, que les circonstances avaient formée.

« Qu'appelles-tu coutume ?

— Nos façons de faire et de penser.

— Faudrait-il en changer ?

— Comment ? »

Ils ne sont pas plus avancés.

Ainsi passent les nuits que remplit dans les palais la musique mélancolique des grands luths à long manche qui sont le cœur de leurs orchestres.

Les chauves-souris géantes ont regagné les banians, le ciel pâlit, les notes des grands luths s'espacent, tombent comme délaissées, navrées de tomber, chassées par le jour.

La coutume ? Bien sûr.

La coutume. La coutume bloque tout. Comment s'est-elle établie ? Ils s'arrêtent là, répugnant à poursuivre. Ils ont assez raisonné.

Ils ne sont pas pessimistes, ne se disent pas qu'il n'y a rien à faire, que cet état durera toujours, que rien ne changera jamais, que leur destin est fixé pour l'éternité, que les hommes d'Occident apparaîtront à jamais plus instruits, plus efficaces. Un jour, eux aussi voyageront. Voyageront vers l'Ouest.

«Combien de temps faudra-t-il supporter que les Européens soient les plus forts?

— Le temps qu'il faudra pour que nous le devenions.

— Il faut s'y mettre.

— Si tu le dis...»

Ils boivent un dernier verre et se séparent dans de grands froissements de soie et des traînements de pantoufles brodées d'or.

44

Lahore, 1834. Jean-François Allard et sa jeune femme, déjà mère de quatre enfants, sont allongés ensemble dans leur palais d'Anarkali qui embaume le jasmin, à l'aube secouée des barrissements étonnamment stridents d'aussi grosses bêtes que sont les éléphants, dont on attendrait des grondements de tonnerre, et des meuglements poignants des buffles du parc d'artillerie voisin.

Voisin si proche que Bannou Pan Deï a fini par obtenir son éloignement après plusieurs années de demandes à son mari, les bruyants attelages des canons flambant neufs de Charles-Auguste Court abrégeant trop souvent son sommeil et celui des enfants.

Allard avait longtemps soutenu qu'il ne pouvait lâcher des yeux cette artillerie qui était ce que Ranjit avait de plus précieux, *ultima ratio regis*. Il l'inspectait en personne tous les jours qu'il était à Lahore « comme Napoléon inspectait sa Garde aux Tuileries, et Ranjit ne comprendrait pas que je ne leur porte pas le même intérêt ».

Bannou ne lui en voulait pas de cet énorme délai, si honnête avec elle-même qu'elle reconnaissait avoir exagéré l'inconvénient d'être réveillée par les divers saluts des grands mammifères à l'aurore.

Elle avait affecté d'en être dérangée envers un mari qu'elle voyait tout-puissant, capable de satisfaire tous ses caprices, qu'elle pouvait donc se permettre. Ses caprices étaient d'un genre à ne gêner personne. Elle était hindoue, mais prenait au sérieux l'enseignement des dix gourous et de l'*Adi Granth*: la quête de Dieu, l'altruisme, le respect des différences.

Son mari l'avait persuadée que «le monde appartient à ceux qui se lèvent tôt», alors, aux premiers barrissements de l'aube, elle sautait de leur lit comme une gazelle – car ils faisaient chambre commune, à la bourgeoise, comme en France Louis-Philippe qui jamais ne quittait Marie-Amélie, à la stupeur de leurs serviteurs et aux grands ricanements de l'hyper chic Faubourg Saint-Germain qui n'avait plus que ses manières, excellentes, et surtout leur affectation, pour tenir debout, avec la chasse aux héritières dont les quartiers, chaque année, comptaient un peu moins que les dots.

Sa nature enjouée la disposait à trouver du charme où beaucoup d'autres ne voyaient que monotonie ou désagréments. Elle aimait d'un même cœur les nuages et les oiseaux, les bêtes féroces et les herbivores timides, franciscaine sans le savoir.

Le parc sera déplacé la semaine prochaine de l'autre côté de la rivière, trop tard, ils seront partis. Et elle ignore quand elle reverra son pays, ni même si elle le reverra. Ils partent pour la France.

Le barbon et le tendron, pense Jean-François à ses côtés avec les mots de Molière qui ne sont pas encore surannés au début du XIXe siècle.

Il a quarante-neuf ans, cinquante dans six mois. Pour son temps, c'est un vieillard que sa barbe grise de Sikh ne rajeunit pas. Il a le torse un peu creux des officiers de cavalerie qui n'utilisent jamais pleinement leurs capacités pulmonaires, leurs chevaux respirant pour eux. Il a aussi les jambes arquées qui les font chalouper à pied, leur donnant des allures d'ivrognes, heureusement trompeuses, auxquelles il ne faut pas se fier. Les soleils de Perse et d'Inde ont hâlé son visage et flétri son épiderme:

un réseau fascinant de rides entrecroisées lui enveloppe la figure. On le prendrait pour un prophète; même en Europe où la transcendance ne chatouille déjà plus grand monde.

On ne décrira pas son épouse. Le déluge d'images où se noient les sociétés modernes a tué la description écrite toujours infiniment inférieure aux merveilles que reproduisent constamment les milliards de pixels des milliards d'écrans qui fascinent les milliards d'humains.

Les peintres l'ont compris les premiers: plus besoin d'être lisible, on peut peindre n'importe quoi. Les écrivains n'ont pas cette chance. Beckett, héroïque, s'y est risqué, désertant l'humanité et, prodige, l'augmentant aussi.

On le sait, au Penjab, les jeunes femmes sont presque toutes des beautés et Ranjit Singh n'aurait pas marié le chef de son armée à une demoiselle incapable de faire tourner toutes les têtes. Il l'avait prévenu avant l'entrevue de la chasse au tigre: «Je vous ai trouvé l'une des plus belles filles dont vous puissiez rêver. Il y va de votre prestige et du mien aussi.»

Il avait ajouté:

«Je ne peux pas en être complètement sûr, mais on m'assure que le dedans vaut le dehors.

— Comment cela, Majesté?

— Elle a la tête aussi bien faite que le visage et tout le reste.»

Allard à ce point s'était risqué à demander si elle avait du cœur.

Ranjit l'avait fixé l'œil rond, sans rien dire, enfin lâchant: «Je le saurais si elle en manquait.»

Donc Bannou Pan Deï est ravissante – les maternités ne l'ont en rien déformée –, avec des yeux splendides et noirs, constellés de points d'or comme ceux de Cléopâtre. Sa chevelure épaisse et noire l'habille jusqu'aux genoux. Elle est bien plus intelligente que n'était – est toujours, espère Allard – à Saint-Tropez Bénédicte Margaillan, quittée parce que son horizon ne dépassait pas le département du Var.

(Au demeurant l'un des plus beaux et attachants de France, du monde entier autrement dit, pouvant suffire au bonheur de n'importe qui, mais, quand on avait servi l'Empereur, le bonheur était ailleurs.)

En fait de cœur, on jurerait, à la voir si amène, que Bannou l'a sur la main. On ne se tromperait pas.

Deux siècles plus tard, il demeure une preuve très belle de ses perfections. Très belle et très touchante : un tableau de famille qui donne une émouvante idée de ce que fut le ménage de Jean-François Allard. Admirable anticipation de la fusion des races qui sera l'accomplissement de l'humanité.

C'est à Lahore. On reconnaît en haut à gauche deux clochetons du fort. À l'arrière-plan, un grand fleuve, qui est le Ravi, l'un des cinq qui donnent son nom au Pays des Cinq Rivières ou des Cinq Fleuves, qui sont, rappelons-le une dernière fois, l'Indus, la Jhalum, la Chenab, le Ravi et le Sutlej.

On distingue dix personnages, cinq adultes et cinq enfants qui sont les enfants Allard. Le général et Mme Allard occupent le centre de la toile.

Elle est assise au premier plan, vêtue d'une robe claire richement brodée et drapée dans un châle rouge qui lui couvre la tête en encadrant ses cheveux noirs. Elle tourne ses yeux immenses vers son dernier-né qui est porté par une nounou en pantalon et tunique de soie, un grand châle rouge sur la tête. Le bébé se penche vers sa mère en lui tendant le bras droit.

Le général est assis derrière sa femme, décalé à gauche, pantalon de soie rouge orné d'une large ganse d'or, veste noire aux manches brodées d'or jusqu'aux coudes, cape rouge sur les épaules, béret noir sur la tête où sont piquées deux médailles d'or. Sa fameuse barbe divergente à deux pointes est étalée sur sa poitrine. Comme toujours, il incarne la sérénité. Il s'appuie du coude gauche à un gros bloc de pierre.

Derrière lui un jeune homme est debout, coiffé d'un

bonnet rond et rouge avec une bordure brune en forme de boudin. Une longue cape rouge semble tomber – on ne lui voit pas les pieds – de ses épaules jusqu'à terre, ouverte sur une tunique noire comme la veste du général.

À l'extrême gauche, une jeune femme en robe sombre, couverte de la tête aux pieds d'un châle dans les rouges, complète modestement ce tableau d'harmonie domestique exotique, dont le faire n'a rien à voir avec celui d'un Greuze, mais dont l'esprit est parent : honnêteté, pudeur et tendresse en rayonnent. Tendresse et mélancolie, peut-être même tristesse, prémonition de malheurs imminents.

Cette preuve existe mais où ? Elle est perdue. Nous ne la connaissons que par des reproductions.

Ce tableau inestimable par sa valeur documentaire, qui aurait été peint en 1835 ou 1836 à partir d'une miniature faite à Lahore, a disparu en 1977, il y a trente-neuf ans, de la maison de Saint-Tropez appartenant aux descendants de Jean-François Allard.

Volé peut-être sur commande d'un admirateur si passionné du général de Ranjit Singh qu'il en oublia tout scrupule pour en disposer. Un Sikh, peut-être, attaché passionnément aux souvenirs de l'empire exemplaire de ses ancêtres. Peut-être aussi un Anglais ? Ils l'aimaient tous en leurs temps communs.

Pour l'heure, les époux roucoulent, nous sommes en 1834. Ils ont déjà leurs quatre enfants. Le cinquième n'est pas encore né. C'est une petite fille. Elle va naître à Calcutta en route pour la France. Elle a été ajoutée au tableau à partir d'un dessin fait à Saint-Tropez pour le compléter.

Allard, on le sait, avait, des années, pressé son maître de l'autoriser à revoir son pays. Pas seulement pour le plaisir merveilleux d'y reparaître glorieux et riche, l'ayant quitté demi-solde, et de s'y faire admirer de ses relations d'autrefois, mais dans l'intérêt du Penjab aussi. Lahore n'aurait pas à regretter d'intéresser Paris.

La conjoncture était favorable depuis 1830 et la fin des Bourbons qu'il ne portait pas dans son cœur, et pour cause. Les frères de Louis XVI n'auraient pas reçu un fidèle de Napoléon, favori d'un roi indien lui-même fervent de l'Usurpateur, qui ne leur ait pas fait allégeance.

Louis-Philippe, roi des Français, n'avait pas leurs préventions. L'allégeance avec lui était accessoire.

Jean-de-Dieu Soult, le maréchal, duc de Dalmatie, le Grand Pillard de l'Andalousie, passionné de Murillo, proclamé par Napoléon «premier manœuvrier d'Europe», était son ministre de la Guerre. (Soult, girouette politique hors de pair, s'était rallié aux Bourbons en 1814, s'était montré à Waterloo en 1815, où il n'avait rien fait, ni pour ni contre, sinon prévenir Napoléon que Wellington était plus coriace qu'il ne croyait, enfin revenir chez Louis XVIII aussitôt après.)

Ranjit Singh, on le sait aussi, avait longtemps repoussé les demandes d'Allard. La situation était instable. La menace afghane était permanente. L'armée n'était pas encore assez forte. Il avait besoin de lui. Ventura serait débordé...

L'arrivée de Court et Avitabile n'avait rien changé.

On ne pouvait pas détacher Court de son artillerie. L'artillerie, arme savante, réclamait plusieurs années de formation pour atteindre un bon niveau d'efficacité. La poigne d'Avitabile – l'amateur de gibet, pendeur de voleurs – pouvait seule tenir le Nord-Ouest en respect.

Puis, selon ses informations, Louis-Philippe ne voudrait pas plus fâcher les Anglais en Inde qu'il ne l'avait voulu en Égypte avec Méhémet Ali, deux ans plus tôt...

«Méhémet Ali était pourtant bien plus fort que moi...» avait un jour remarqué Ranjit Singh sans gaieté.

C'est peu dire qu'ils sont heureux. Leur bonheur est entier. Ils le partagent parfaitement, fût-ce différemment: elle ne s'en étonne pas; lui, dirait-on, peine à s'y habituer, si le mot *peine* n'impliquait des désagréments dans son cas inexistants. Cette «peine» était le fait de sa modestie, toujours indissociable des vraies réussites ici-bas.

Elle était née Chamba, d'une lignée célèbre depuis les Veda, qui avait régné dans l'Himalaya. Le Jean-François Allard de 1822 n'était pas un parti convenable.

Il n'avait que ses bottes, une paire de pistolets et les économies emportées de Perse où le shah qui avait toujours été généreux, navré au fond de lui-même de le renvoyer d'ordre de Londres, l'avait lesté d'une prime de départ accordée à son idée de sa grandeur – toute mesquinerie l'aurait déchu. C'était un grand prince.

L'Allard de 1834 était le même extérieurement que celui de 1822, le même à peine vieilli, et un tout autre homme en même temps.

Le second aurait très bien pu n'avoir de cesse qu'oublier le premier. Sa fortune quasi subite était d'une ampleur à faire perdre la tête à n'importe qui. Il n'était pas n'importe qui, aussi n'y avait-il nulle différence perceptible entre les deux Allard, ni la gloire ni la fortune ne l'avaient changé. Bannou Pan Deï avait pu l'épouser sans déchoir.

L'Allard de 1822 était un soldat chômeur, très qualifié dans sa spécialité, mais des milliers comme lui hantaient l'Orient en quête d'emploi. L'offre dépassait la demande après 1815. Quelques dizaines seulement d'entre eux émergeraient de ce contingent jusqu'à une notoriété honnête, sans parler d'autre chose. De cette poignée d'heureux, il serait le plus heureux.

Douze ans après son embauche par le Lion du Penjab, il était l'atout maître d'un empire en expansion, jalousé en Asie du Caucase à la Chine. Sans lui, pas d'empire. L'armée sikhe serait restée ramassis, inepte et bariolé, de tueurs turbulents, minée par une anarchie suicidaire.

Cette paix merveilleuse après l'amour dans un palais parfumé et le bonheur de le quitter dans quinze jours pour sa patrie, avec une femme «dont on n'oserait pas rêver», quatre enfants exquis, un cinquième à venir, de nombreux coffres pleins de richesses, il l'avait conquise.

Un dernier mot de ce tableau.

Cette réunion pleine de charme est aussi imprégnée d'une troublante mélancolie. Personne ne rit ni ne sourit. Une fatalité paraît planer sur ce groupe si attachant parce que si uni, dans ce cadre plein de noblesse : fragment d'un imposant château, vaste paysage, coupé d'un fleuve figure du temps, où l'on ne se baigne jamais deux fois. Raffinement des habits. Serviteurs respectueux. Puissance et prospérité. Tendresse...

Mais ces visages inquiets ? Ces petits enfants aux regards angoissés, qui semblent craindre on ne sait quel inconnu ? Inconscients de tous les soins dont ils sont l'objet, déjà informés, dirait-on, que la vie n'est pas toujours un cadeau.

Les servantes paraissent contraintes et même affligées, endeuillées en quelque sorte, anticipant quelque malheur.

Le secrétaire derrière Allard, si jeune et si beau qu'il soit, n'affiche aucun optimisme. Son maintien, son expression sont d'une noble gravité, mais lui manque la hardiesse dont il devrait déborder, indispensable à son emploi.

Bref, la morosité domine, d'autant plus sensible que l'œuvre aurait pu être l'exaltation de la jeunesse ou l'allégorie de l'espérance.

Un couple uni comme peu le sont, des enfants ravissants, des raffinements révélateurs et tant de sourde inquiétude ? Cette défiance étalée... Si gênante de la part d'enfants...

Et Allard, le héros, Jean-François Allard ? Que laisse-t-il deviner de soi ?

Rien de gai non plus, rien d'insouciant, pas d'amour de la vie, aucune confiance en ce qu'il voit. On le voit sérieux, réservé, méditatif. Sa fortune, son ascension, l'auraient-elles désabusé ? À se demander s'il sourit quelquefois. En quelles occasions ?

Il sourit certainement quelquefois à ses jeunes enfants et sûrement aussi à sa femme.

Cette peinture solennelle ne respire pas le bonheur. Qui pourrait être heureux si cette famille ne l'est pas ?

C'était en 1834. Cinq ans plus tard, fin de partie.

En janvier 1839, Allard tombe mort à Peshawar. Le cœur... dirent ses contemporains. Aurait-il pu mourir d'autre chose ?

Ranjit Singh informé resta impassible. L'un de ses pages, bien plus tard, soutiendra l'avoir entendu murmurer « Ce n'est pas juste ».

Ce qui est sûr c'est qu'il prononça :

« Le canon ne suffira pas.

— À quoi, Majesté ? dit le Premier ministre.

— À rendre honneur au chevalier Allard. »

Les obsèques se feraient à Lahore. Il serait inhumé à Anarkali, où sa gloire avait pris son essor, auprès de deux autres de ses enfants qui n'avaient pas vécu.

La route n'est pas courte de Peshawar à Lahore. Nombreux sont les bourgs qui s'échelonnent de l'une à l'autre. Dans chacun d'eux les canons de Claude-Auguste Court tireraient cent une fois pour rendre hommage à Jean-François Allard.

Ainsi, sur quatre cents kilomètres, le dernier voyage du héros serait scandé, de minute en minute, par les détonations de ces machines qui partout rappellent aux humains – bien mieux que le susurrement des trappistes de Rancé qui, se croisant dans leurs jardins murés du Perche, se disaient pour tout entretien « Frère, il faut mourir » – leur fin.

« Les canons ne suffiront pas, avait dit Ranjit, complétant : Jean-François mérite autre chose.

— Quoi d'autre, Majesté ?

— De la musique.

— Très bien, Majesté, laquelle entendez-vous ?

— De Beethoven. Vous le connaissez ?

— Non, Majesté.

— Moi non plus. Le chevalier Allard aimait Beethoven. Il m'en parlait souvent. M'en parlait comme d'un génie. Croyez-vous en la grandeur, Monsieur le Premier ministre ?

— Je serais bien petit si je ne n'y croyais pas.

— Vous parlez comme lui.

— Nous nous aimions.

— Vous êtes un vrai Sikh. Le chevalier Allard m'a parlé plusieurs fois d'une symphonie de ce Beethoven, la troisième, dite *L'Héroïque*. Selon lui, elle "enlève l'homme au-dessus de lui-même". Je veux entendre cette symphonie et tous les Sikhs avec moi, pour donner à ses funérailles la dimension convenable. Je sais bien que pour l'instant nous n'avons pas d'orchestre compétent. Il faut en recruter un. En Europe évidemment. L'Europe est loin. Ce sera long. Mais nous avons d'incomparables embaumeurs. Assurez-vous que les meilleurs embaument le chevalier Allard, ainsi il pourra attendre en paix l'arrivée d'un orchestre digne de lui et nous lui rendrons les honneurs.»

Ranjit Singh mourut six mois après Allard, le 27 juin 1839. Les discussions et négociations pour le transport au Penjab d'un grand orchestre symphonique pour faire y entendre *L'Héroïque* duraient toujours en Allemagne et en Autriche. Ce beau projet fut abandonné.

Le Penjab retomba aussitôt dans l'anarchie aristocratique dont Ranjit l'avait tiré. Dix ans plus tard, l'Angleterre en prenait possession.

Imprimé en France par CPI
en juillet 2016

Dépôt légal : juillet 2016
N° d'édition : 814
N° d'impression : 136431